書下ろし

女敵討《めがたきう》ち

取次屋栄三《えいざ》⑲

岡本さとる

祥伝社文庫

目次

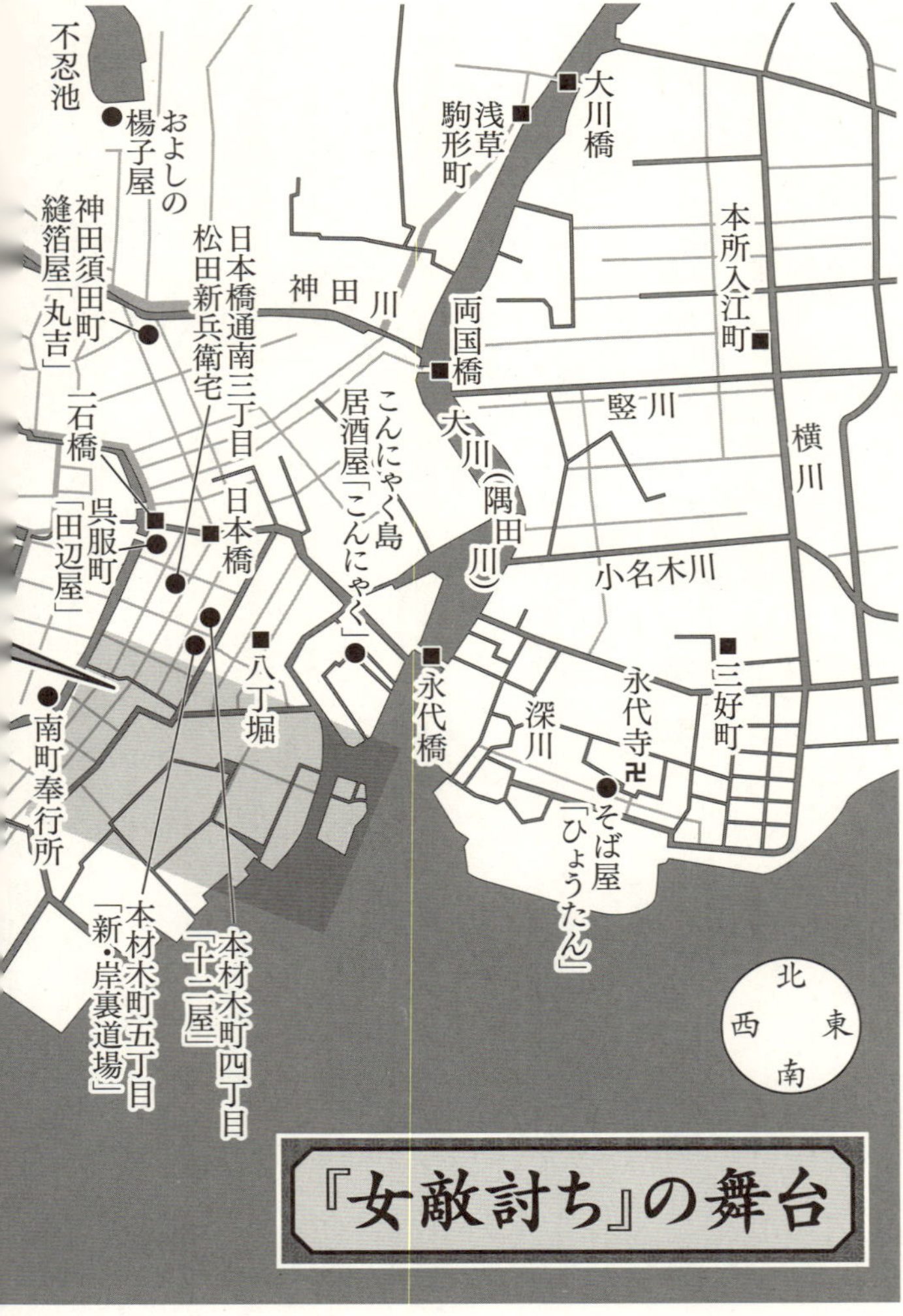
不忍池
およしの楊子屋
神田須田町縫箔屋「丸吉」
日本橋通南三丁目松田新兵衛宅
神田川
大川橋
浅草駒形町
本所入江町
両国橋
竪川
横川
大川（隅田川）
こんにゃく島居酒屋「こんにゃく」
一石橋
呉服町「田辺屋」
日本橋
八丁堀
小名木川
三好町
永代橋
深川
永代寺
そば屋「ひょうたん」
南町奉行所
本材木町五丁目「新・岸裏道場」
本材木町四丁目「十二屋」
北
西
東
南

『女敵討ち』の舞台

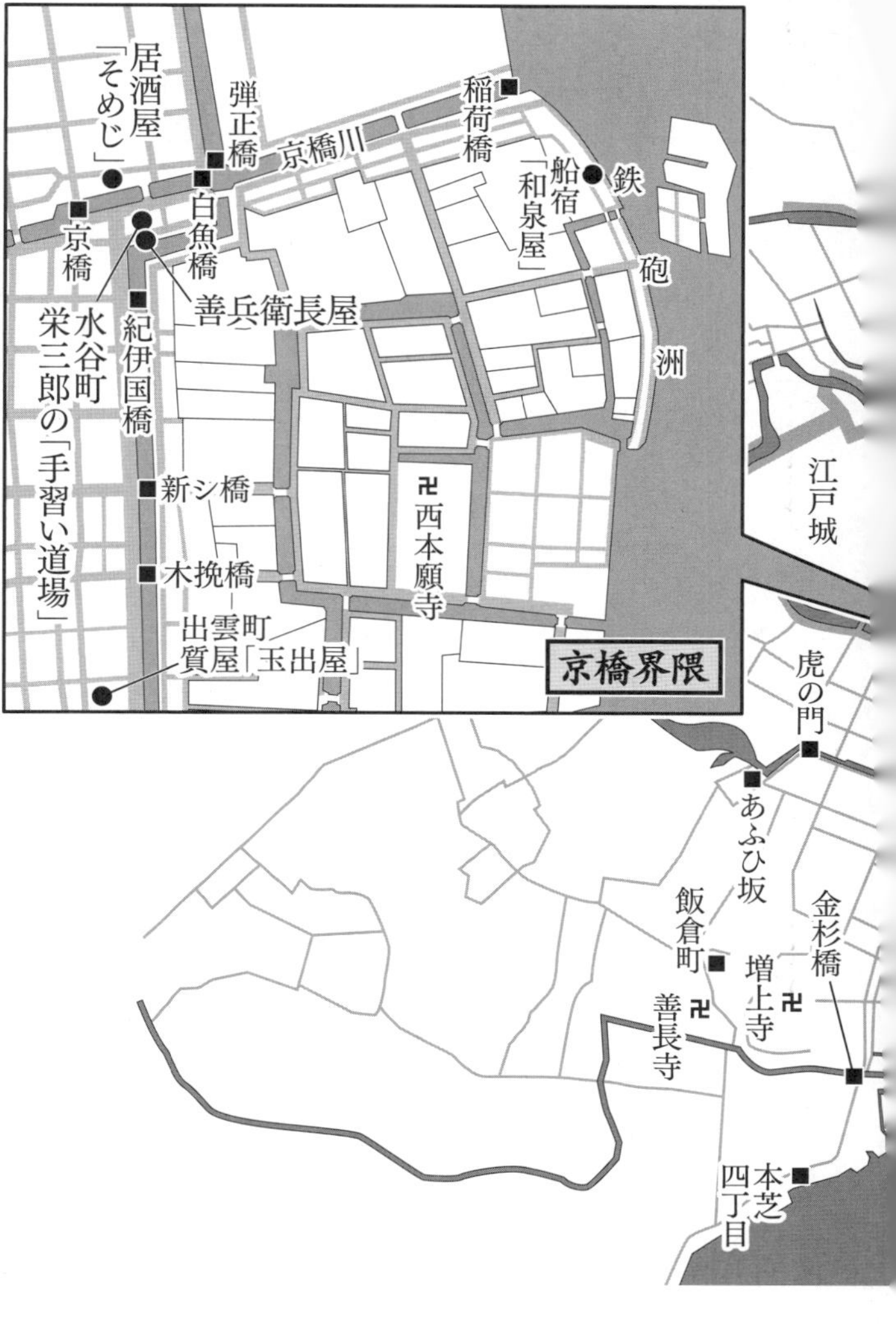
京橋界隈
居酒屋「そめじ」
弾正橋
京橋川
稲荷橋
船宿「和泉屋」
鉄砲洲
白魚橋
京橋
善兵衛長屋
水谷町
栄三郎の「手習い道場」
紀伊国橋
新シ橋
木挽橋
西本願寺
出雲町
質屋「玉出屋」
江戸城
虎の門
あふひ坂
飯倉町
増上寺
善長寺
金杉橋
本芝四丁目

地図作成／三潮社

第一章　寝顔

一

幼な子の寝顔というものは、見ているだけで何やら胸がかきむしられるほどの哀切を覚える。

ましてや、首がやっとすわり始めた我が子となれば尚《なお》さらだ。

文化《ぶんか》七年（一八一〇）の秋。四十《しじゅう》になった秋月栄三郎《あきづきえいざぶろう》は、今それを思い知らされている。

この夏に、恋女房の久栄《ひさえ》との間に、待望の子が生まれた。

「男であろうが女であろうが、生まれてさえくれたら、それだけでいい……」

一緒になってからは、それまで張り詰《っ》めていた気持ちから解き放たれたからか、久栄はよく体の調子を壊していた。

母体を気遣《きづか》いつつ、栄三郎は日々願《がん》をかけたのだが、生まれたのは息子で、泣き声も大きく威勢がよかった。

久栄はしばらくの養生《ようじょう》を余儀《よぎ》なくされたが、もうとっくに三十を過ぎているのだから無理もない。

今は元気を取り戻し、栄三郎に負けじと、赤子の寝顔を食い入るように眺《なが》めて暮らしている。

栄三郎は、息子に〝市之助《いちのすけ》〟と命名した。

〝市〟は、久栄の亡父・塙市兵衛《はなわいちべえ》からとった。

市兵衛の息子で久栄の弟である房之助《ふさのすけ》は、学問優秀を買われて、旗本三千石・永井《ながい》家の婿養子《むこようし》となった。

ゆえに塙家は絶《た》えてしまっているので、せめて市之助の名に残さんとしたのである。

〝之助〟にしたのは、

「何やら役者みてえで、様子が好《い》いじゃあねえか」

と、いかにも栄三郎らしい。

亡父を気遣う夫のやさしさに、久栄はしみじみと幸せを覚えたものの、
「その名でようございますか？」
秋月家としてそれでよいのか気にかかった。
それでも栄三郎は、
「おれは、大坂《おおざか》の野鍛冶《のかじ》の倅《せがれ》で、剣術道楽が高じて、勝手に苗字帯刀《みようじたいとう》をしている
いかさま武士だ。何だって好いのさ」
まるで気にもかけない。
大坂の生家には兄・正一郎《しょういちろう》がいて、父・正兵衛《しょうべえ》の名と職を、立派に受け継い
でいる。
〝栄之助〟などと名付けると、
「〝栄さん〟て呼ばれた時、どっちかわからなくなるしな」
そう言うのだ。
いずれにせよ夫婦は幸せであった。
二人が暮らす、水谷町《みずたに》の〝手習《てなら》い道場〟は、朝から昼過ぎまでは、手習い子達
が賑《にぎ》やかであるし、夕方になると町の物好き達が、栄三郎に剣術を習いに来る。
二階に寝間はあるものの、やたらと騒がしいところである。

それでも市之助は、ところ構わずすやすやと眠る。

栄三郎の剣の師で、ここからはほど近い、本材木町《ほんざいもく》五丁目に道場を構える岸裏《きしうら》伝兵衛《でんべえ》は、

「これはまた、大物になるぞ」

時折《ときおり》訪ねてきては、市之助を抱《だ》きあげてかわいがった。

岸裏伝兵衛だけではない。

市之助の姿を見に来る者は、とにかく多い。

裏の善兵衛《ぜんべえ》長屋の住人達、呉服《ごふく》町の大店《おおだな》・田辺屋《たなべや》の者達も例外ではない。手習い道場の地主である宗右衛門《そうえもん》は、少し前から息子の松太郎《まつたろう》に店を任《まか》せ、自分は大旦那《おおだんな》として、気楽に過ごしている。

そのせいか、田辺屋の男衆《おとこし》で栄三郎の剣の弟子《でし》である勘太《かんた》、乙次《おとじ》、千三《せんぞう》、ご存知《ぞんじ》こんにゃく三兄弟を引き連れて、足繁《あししげ》くやって来るのである。

このところ、市之助はうつぶせにしてやると、両腕で上半身を支えて、頭をのけぞらせながら、けらけらと笑う。

その姿を見ると、

「おお、笑い顔が栄三《えいざ》先生そっくりですな」

宗右衛門は大喜びして、栄三郎と久栄が、

「いやいや、そんなことをしてもらっては困ります」

「市之助には、使いようがございませんので……」

と、断っても、

「まあ、よいではありませんか」

と、過分な小遣いを置いていく。

その小さな手に小粒銀《こつぶぎん》を握らせて、

「おやおや、しっかりと握るではありませんか。大きくなったら、分限者《ぶげんしゃ》になりますぞ」

金持ちの商人らしい悪戯《いたずら》をするのだ。

その辺りの物持ちがすると、とんでもなく嫌味な戯《たわむ》れも、宗右衛門がすると、何故《なぜ》か頬笑《ほほえ》ましく映るから不思議だ。

時には、市之助の手に載《の》った小粒銀は、こんにゃく三兄弟に渡され、

「こいつは、若からのご祝儀でございますかい。ありがとうございます」

と、なる。

つまり、秋月栄三郎が築いてきた人の輪がここへきて、市之助をだしに集まっ

てきて、互いの絆《きずな》を確かめ合っているのだ。

中でもとりわけ熱心に通ってくるのは、宗右衛門の娘で、栄三郎の剣友・松田《まつだ》新兵衛《しんべえ》の妻であるお咲《さき》であった。

一途《いちず》な恋を実らせて新兵衛と所帯を持ったお咲であったが、未《いま》だに子に恵まれていなかった。

歳《とし》で考えると、久栄よりははるかに若く、栄三郎に習い、岸裏道場で修《おさ》めた剣の腕は、男の剣客《けんかく》に引けはとらないほどのものである。

そんな気力と体力を持ち合わせているお咲が、久栄に先を越されて、心に思うものがあるのであろう。

訪ねてきては市之助の世話を手伝い、母としての心得《こころえ》を学び、そっと久栄に、

「子を授《さず》かる上で、何かこつのようなものがあるのでしょうか」

などと真顔で訊《たず》ね、久栄を赤面させるのであった。

「お咲、そう焦《あせ》るではない。お前はまだ若いではないか」

栄三郎は、お咲の心の内がわかるだけに、そう言っては窘《たしな》めた。

「新兵衛も、もう四十だ。お前が焦る様子を見れば、いたたまれまい」

「左様《さよう》でございますね。こんなものは、焦らずにいつも変わらぬ暮らしを送って

いるうちに授かるものなのでしょうか……」

「そうだそうだ。おれも久栄も、いい歳で一緒になったゆえ、子はもうできぬものだと端《はな》から諦《あきら》めていた。その気楽さがよかったのだろうよ。まあ、久栄の方は、何が何でも産んでやろうと気合は入っていたようだが」

「なるほど。気楽でいながら、時に気合を入れるのでござりますね」

「ああ、朴念仁《ぼくねんじん》の新兵衛の尻《しり》を叩《たた》いてやるがよい」

この日も栄三郎は、昼下がりに訪ねてきたお咲に笑顔で語った。

――ほんに子供の寝顔は、人の心を慰《なぐさ》めもするし、かき立てもするもんだ。

栄三郎は、つくづくとそう思う。

もちろん、子供の寝顔を眺めることばかりが、幸せではなかろう。

だが、自分が求めている幸せとは何であろうかと、心を騒がせるだけの眺めではある。

そして誰よりもその想《おも》いが強いのは、取次屋の番頭《ばんとう》にして、手習い道場の門人、又平《またへい》であったようだ。

市之助の誕生を誰よりも喜んだのは、又平であった。

二

昨年、この手習い道場には玉太郎《たまたろう》という赤子がいた。

久栄の嫁入りに伴《ともな》って裏の善兵衛長屋に宿替えをした又平の家に捨てられていたのだが、実は又平が以前惚《ほ》れていた、およしという女が、梅次《うめじ》という男との間に儲《もう》けた子供であった。

およしは、梅次に子と共に捨てられ、よんどころなく、又平のやさしさに縋《すが》った。

自分が身の立つ間、この子を誰かが面倒《めんどう》見てくれたら――。

又平は、およしの切《せつ》なる想いを察して、捨て子を放っておけずに、拾って育てる体《てい》をとった。

母子の窮状《きゆうじよう》を見るとそうせずにいられなかったからなのだが、およしはやがて方便の道を立《たつ》て、玉太郎を迎えに来た。

知り人の口利《くちき》きで、楊枝《ようじ》屋を任されることになったというのである。

又平は、僅《わず》かな間とはいえ、玉太郎を育てることに夢中になった。

そして、およしがやがて子供を引き取りに来たら、およしと一緒になって、玉太郎の親になり、二人で育てていこうと気持ちを固めていた。

しかし、およしは又平の申し出を拒《こば》んだ。

そうしたいのはやまやまであるが、梅次のような男と一緒になっておきながら、又平に甘えた自分を許せない。このまま、厚意に乗っかって一緒に暮らすわけにはいかないと言うのである。

又平は、泣く泣くおよしの想いを汲《く》んで、玉太郎と別れた。

この子のために何かしてあげないといけない――。

玉太郎のあどけない寝顔を見ていると、日々そんな想いを新たにしていただけに、又平にとってそれは本当に辛《つら》い別れとなった。

そのような折に、玉太郎を共に育ててくれた久栄が懐妊した。又平は、市之助の誕生を心待ちにして、悲しい出来事を忘れんとしたのであった。

栄三郎は、又平の気持ちがわかるだけに、市之助が生まれてからは、何かというと市之助の子守を又平に託《たく》した。

「おい市之助、間違うんじゃあねえよ。お前の父親は又平じゃあねえんだ。この栄三郎なんだぞ」

　栄三郎が、おどけて市之助に声をかけるほどに、又平はよく面倒を見てくれたものだ。

「旦那、うちの中にこんな子がいるってえのは、ほんに好いものですねえ。心が洗われますさあ」

　ほのぼのとした口調で、毎日のように感じ入る又平を見ていると、栄三郎と久栄の心もまた洗われるのであった。

「だがなあ、久栄。市之助の世話をするうちに、又平が手前《てめえ》の子を持ちてえと、心から思うようになってもらいてえもんだな」

　そして、それが栄三郎の口癖《くちぐせ》となった。

「そのためには、もっと外出《そとで》の機会を増やしてあげないといけませんねえ」

　久栄は、そうしないと又平に、新しい恋の芽生《めば》えは、なかなか訪れないのではなかろうかと言う。

「うむ、まったくだな」

　もっともだと思った栄三郎は、出来るだけ又平の外出が叶《かな》うように気遣った。

「お前も、子供の世話ばかりじゃあ所帯染みちまうよ。ただでさえ、ここは手習いで子供があふれているってえのによう」

たまには遊んでこいと言って、小遣いを与えたりした。

又平が、

「旦那、あっしを追い出そうとしているんじゃあねえんですかい」

などと、ひがむのではないかと案じられたが、久栄の言うように、又平も自分の幸せを切り拓《ひら》かねばならない。それにはここに籠《こも》ってばかりではいけないと思い始めていたのか、

「こいつは気を遣っていただきまして、あいすみません。確かに旦那が言うように、男は色気ってものをなくしちゃあいけませんねえ」

素直に受け止めて、手習いが休みの日などは、手習い道場に寄り付かず、いそいそと外出をするようになった。

そもそもが、ちょっとやくざな渡り中間《ちゆうげん》などもしていた又平である。決して地味な男ではない。

「何か好い遊びでも見つけたのかねえ」

栄三郎は、長年の相棒のことゆえ、それはそれで気になる。

「おう、又平……」

つい日頃の癖が出て、何かというと又平の名を呼んでしまうので、

「傍《そば》にいねえとなると、やっぱり寂《さび》しいもんだなあ」

と、思ってしまう。

そんな時は、又平とは共に捨て子であったのを、見世物小屋の親方に拾ってもらって兄弟のように育ったという駒吉《こまきち》を呼び出して、

「このところ、又平はどこで遊んでやがるんだろうな」

探りを入れたくなる。

この日も朝から又平は出かけていたので駒吉に声をかけると、

「さて、ただ、ぶらぶらとしているだけじゃあねえですかねえ」

そんな応《こた》えが返ってきた。

「そうかな……」

「おもしれえところがあったら、旦那に真っ先に報《しら》せるでしょうよ」

「うむ、そりゃあそうだな……」

「この前、道で会ったら、〝まあたまには旦那とご新造《しんぞう》さんと若を、親子水入らずにして差し上げねえとな〟なんて、気取っていましたよ」

「ははは、気を遣ったつもりが、これじゃあ、あべこべだなあ」

「だが、旦那の想いは、誰よりもわかっている男でやすから、ぶらぶらしながら、きっと心の内で手を合わせておりやすよ」

「へへへ、そうかねえ……」

栄三郎は照れ笑いを浮かべた。

「又平にとっちゃあ、余計なお世話なのかもしれねえなあ……」

駒吉も少し前に、この近くで裁縫指南《さいほうしなん》をしているおくみという女と所帯を持って幸せに暮らしていた。

親友の駒吉も身を固め、〝旦那〟と慕《した》い続ける秋月栄三郎にも子供が誕生した。

この次は又平に幸せになってもらいたい――。

栄三郎のみならず、又平を知る者達は皆一様に思うことであろう。

しかし、それがお節介なのである。

自分がこうだから又平にもこうあってもらいたいという願望は、ただの傲慢《ごうまん》なのかもしれない。

独り者の男達が次々と所帯を持ち、女房子供を守らんとする。

それによって、以前のような悪さもしなくなり、危険を伴う事柄には、足を踏み入れなくなる。

それが幸せだというのなら、少し違うような気がする。

栄三郎には、人の絆を繋《つな》ぎ、武士と町の衆の間の揉《も》め事を取り次ぐ、〝取次屋〟の一面がある。

これには本来危険が伴うこともあり、だからこそただの内職ではなく、人助けに体を張る清々《すがすが》しさがあるはずだ。

——おれは、市之助の寝顔を見過ぎて、そいつを忘れていたような気がする。

又平が身を固めることよりも、女房をもらおうが、子供が出来ようが、

「おれ達は、今まで通りの栄三と又平でいようじゃあねえか」

その想いを確かめ合うべきなのではないかと、栄三郎は思い至った。

「駒、又平を気遣うのは、かえって奴を困らせるかもしれねえな。おれに遊んでこいと言われた手前ただぶらぶらしているのなら、それも忍びねえ。もう、奴のことはそうっとしておくよ」

そう告げると、駒吉にも栄三郎の心の動きが伝わったのであろう。

「へい。それがよろしゅうございますよ」

神妙《しんみよう》に頷《うなず》いて、

「それから旦那。あっしも今じゃあ所帯を持って、幸せに暮らさせていただいて

おりやすが、女房子供に目を抜かれる男じゃあござんせん。何かの折には、旦那と又平の傍にいて、喜んで体を張ってみせやすから、いつでも声をかけておくんなせえ」

きっぱりと言った。

「うん、そうだな。わかった。おれも鼻の下を伸ばしてばかりいねえよ。いつまで経《た》っても、取次屋栄三だ。覚えておいておくれ」

栄三郎は、駒吉の言葉で目が覚めたような気がして、互いに胸を叩き合ってその日は別れた。

とはいえ、久栄の又平への気遣いを無下《むげ》にするわけにもいかない。

「又平には、又平の考えがあるんだ。奴の幸せは、奴が考えればいいことだ。要《い》らぬ気遣いはやめておこう」

などと言って妻の機嫌を損じるのも忍びない。

幸せに暮らすということは、これでなかなか難しいものなのだ。

それゆえ栄三郎は、又平をそっと捉《とら》えて、

「おれ達があれこれ言うものだから、お前、かえって無理をしちゃあいねえかい。何も、無理に外出をしなくたっていいんだぜ」

などと耳打ちしつつ、又平の思うに任せていたのであるが、すっかりと秋も深まりを見せ始めたある日のこと。

「又さんのことなのですが……」

久栄が眉根《まゆね》を寄せて栄三郎に話しかけてきた。

栄三郎はてっきり、

「わたしがせっかく又さんのことについてあれこれ考えているというのに、栄三さんは、何か水をさすような話をなされていませんか？」

などと、叱《しか》られるのかと思って、

「又平がどうかしたかい？」

少しどぎまぎとして訊ねたのだが、

「又さんは、時折およしさんに会いに行っているのではありませんかねえ」

久栄は意外なことを言った。

「およしに会いに行っている？　まさか、又平はおよしの想いを察して、きっぱりと思い切ったはずだぜ」

「わたしもそのように思っていたのですが、時折、手習い所に楊枝が落ちているのです」

「楊枝が？」

「子供が落していったとも思えないので、〝又さんのですか？〟と訊ねたら、〝近頃は歳ですかねえ、やたら歯にものが挟《はさ》まっちまって困りまさあ〟などと……」

「なるほど、そんなことがあったのか。だが、楊枝くらい持ち歩いたっておかしくはねえだろうよ」

楊枝を持っていたからといって、又平がおよしの営《いとな》む楊枝屋を訪ねていると考えるのは、早計であろうと栄三郎は言った。

「わたしもそう思ったので、その時は気にしなかったのですが……」

その日の朝。

久栄は、里芋の煮物《にもの》が上手に出来たので、裏手の長屋へ持って出た。

手習いは休みで、又平が外出をするかもしれないので、まず届けようと思ったのだが、一足違いで又平は既《すで》に出かけていた。

仕方なく帰ろうとして、久栄は部屋の中を見廻《みまわ》した。

散らかっているなら、少しくらい片付けてやろうと思ったからだ。

しかし、思いの外部屋は片付けられていた。

余計なことはせずに戻ろう――。

そう思った時、開けたままになっている角火鉢《かくひばち》の小引出しの中から、大量の楊枝が覗《のぞ》いているのに気付いたのだ。

見ずにおこうとは思ったのだが、又平が泣きの涙で別れたおよしが、楊枝屋をしていることが頭をよぎり、目を凝《こ》らしてみれば、房《ふさ》楊枝や平楊枝などに加えて、歯磨粉の入った袋が、引出しの中に詰め込まれていた。

「なるほど、そいつはお前の言う通り、又平は、およしに会いに行っているのかもしれねえなあ。いや、むしろ玉太郎の顔が見たくなったんじゃあねえのかな」

話を聞いて栄三郎は唸《うな》った。

又平は、およしと別れた時、楊枝屋がどこにあるかは聞かなかったと言った。もしも、どこからか楊枝屋の場所を聞きつけたとしても、事情があって別れたのだ。今はまだ角火鉢の引出しから楊枝が溢《あふ》れるほど、通う気にもなれまい。

「う～ん、とはいえ、何かの拍子《ひようし》に、また心に火が付くこともないとは言えぬか……。おれと久栄のようにな……」

「何を仰《おつしや》るのです……」

久栄は、赤らめた顔を袖《そで》で隠した。

途端《とたん》、市之助が〝きゃッきゃッ〟と声をたてて笑った。

三

「玉ちゃん、おもしろい小父《おじ》さんがまた来てくれたよ」

店番の女房が声を弾《はず》ませた。

その傍で、玉太郎が、

「おー、おー」

と、言葉にならぬ声を発して、はしゃいでいる。

「玉太郎、お利口《りこう》さんにしていたかい。こいつで小母《おば》さんに何か買ってもらいな」

女房に心付けを手渡したのは、又平であった。

そこは、小体《こてい》な仕舞屋《しもたや》の軒先《のきさき》に店を設《しつら》えた楊枝屋である。

秋月栄三郎の妻・久栄が言うように、又平は、およしが営む楊枝屋を時折訪ねていた。

店は、近くに不忍池《しのばずのいけ》がある閑静《かんせい》なところにあり、およしの努力と、彼女の傍で愛敬《あいきょう》を振《ふ》りまく玉太郎が名物となって、なかなかに繁盛《はんじょう》していた。

この店は、およしが梅次と板橋《いたばし》で小間物屋をしていた時に知り合った客からの紹介で任されるようになった。

その客は旦那取りをしていて、谷中《やなか》の妾宅《しょうたく》で気楽に暮らしているそれ者《しゃ》あがりの女である。

懸命《けんめい》に働くおよしを泣かせて、極道な暮らしを続けたあげくに亭主の梅次は姿を消してしまった。

女は、およしの境遇を哀《あわ》れんで、彼女の方便が立つ術《すべ》はないか旦那にかけ合ってくれた。

すると、旦那の知り人が妾《めかけ》にさせていた楊枝屋が今は空《あ》き屋になっているとのこと。遊ばせておいても仕方がないので、店を開けて幾《いく》ばくかでも納めてくれたらこの上もないと言ってくれた。

そして、およしの頑張《がんば》りで、店賃は期待以上に納められ、およしはいずれにも面目《めんもく》を立てていた。

ここへ来るにあたって、およしは悲壮な決意を固めていた。

玉太郎共々、自分が引き受けるから、一緒に暮らそうと言ってくれた又平を振り切って楊枝屋を開いたのだ。もはや失敗は許されない。

誰の力も借りず、玉太郎を立派に育てあげ、いつか又平に恩返しが出来たら——。

その想いを胸にひたすら頑張ってきたのである。

又平もそれはわかっている。

およしがここで楊枝屋を開いていると知った時も、

「およしの心を乱してやってはいけねえ。おれはおよしに会っちゃあならねえんだ」

そう思ったのだが、およしと玉太郎の身を案じずにはいられぬことがあり、そっと見守ろうとしたのである。

様子を窺《うかが》うに、およしは一日に一度だけ、仕入れや、買い出しなどで、玉太郎を近所の女房に預けて店を留守にすることがわかった。

その隙《すき》に、楊枝を買いに行こう。

店番も務《つと》める女房は、四十過ぎの陽気な女で、あれこれ声をかければ話も弾むであろう。

そうすれば、その間は玉太郎の顔も見られる。

生まれたばかりの頃に、少しだけ一緒にいたとて、玉太郎が又平の顔を覚えているはずはない。

数え歳《かぞえどし》二つでは、まだろくに口も利けないから、およしに自分のことが知れることもなかろう。

又平はそう思ったのだ。

折しも、手習い道場では、久栄が栄三郎との間に市之助を儲けた。あどけないその姿を毎日見ていると、無性に玉太郎に会いたくなってきた。

おまけに、栄三郎、久栄夫婦からは、およしとの悲恋を気遣い、外に出て新しい出会いを拾ってくるように勧められた。

それならば、その言葉に甘えて外出をしてここまで通えばよいのだ。

栄三郎と久栄を欺《あざむ》いているようで、気が重たかったが、朝から店の近くまで来て、そっと張り込んでいると、昼下がりにおよしが四十絡《がら》みの女を迎えて、店から出ていく様子が見られた。

今すぐにでも御用聞きが務まると言われている又平である。こんなことは朝飯前だ。まんまとおよしをやり過ごして、楊枝屋へと近付いた。

やつれているかと思ったが、日々の勤めにやり甲斐《がい》を覚えているのであろう。およしの顔色はよく、成熟した女の美しさを醸《かも》していた。

それでも、どこか物憂《ものう》げで、心から幸せを享受《きょうじゅ》している顔には見えなかった。もしや、もうどこかの男が言い寄っていて、およしも満更《まんざら》でもないのかもしれぬと気が気でなかったが、そういう影はなさそうだ。

そうなれば、少しは自分のことを思い出して哀《かな》しんでくれているのであろうか。

店を窺いつつ、又平はそんな想いに胸が締《し》めつけられた。

——玉太郎、お前、大きくなりやがったなあ。

そんな感傷も、店先をうろちょろとしている玉太郎の姿を見れば、ほのぼのとしたものに変わった。

あの日、およしに抱かれて、

「あばば、あばば……」

と言って、又平の前から去っていった玉太郎が、つかまり立ちをして、きょとんとした目を又平に向けている。

ほのぼのとした想いは、すぐに又平の目を潤《うる》ませた。

およしから店番と子守を頼まれている女房は、おていという。

おていは、玉太郎に見つめられて涙ぐむ又平を、彼女もまた、きょとんとして見た。

又平は恥ずかしくなって、

「いやいや、おれも歳だねえ。こんなかわいい子を見ると、近頃何だか泣けてきてならねえ……」

そんな風に取り繕《つくろ》ったものだ。

「お客さんは、好い人だねえ……」

陽気そうに見えたおていは、感情豊かな女で、笑っているかと思うとすぐに涙を浮かべる――。又平と同類の人間であった。

「ほんにそうだねえ。皆で守ってやらないと、この子はどうなっちまうんだろう。そんなことを考えちまうから、泣けてくるんだろうねえ……」

おていは、又平の言葉を、しみじみと噛《か》み締めてくれたのである。

こうなると、又平がおていの心を摑《つか》むのに時はかからなかった。

世間話に華《はな》が咲き、互いに大笑いをしながら、

「坊やは、ほんにかわいいなあ。どれ、高い高いをしてやろう」

時に玉太郎をあやし、そして楊枝を求めて帰り行く。

そんな日が続いた。

おていは、何故か自分が店番をしている時に、又平が買いに来るので、

「あたしなんかが店先に座っている時よりも、ここのおかみさんがいる時にくりゃあいいのに。これがなかなか好い女でねえ。気立てもよくて女手ひとつでこの子を育てているしっかり者なんだよ」

などと勧めてくれたが、

「いやいや、そんな好い女はかえって目の毒だよ。おれはお前さんみてえに、泣いたり笑ったりが忙しいのと喋《しゃべ》っているのが楽しい男なのさ」

又平はそう言って、おていがいる時がいつかを容易《たやす》く訊《き》き出した上で、

「お前も、店番している時に、ひとつも楊枝が売れねえんじゃ、面目なかろうよ」

次はいつ頃買いに来るか告げて、楊枝屋に通ったのであった。

その間、又平は仁兵衛《にへえ》だと名乗っていた。

何かの拍子に、おていがおよしに珍しい客の話をするかもしれない。それでは困るのである。

「おれみてえな野郎が、この玉太郎をかわいがっていると聞けば、親としちゃああんまり好い気がしねえと思うんだ」

「そうかねえ。あたしが店番をしている間に、お客さんが来て、〝玉ちゃんをかわいがってくれたよ〟、なんて言ったら、きっとおよしさんは喜ぶよ」

「いやいや、親なんてものは、嬉《うれ》しい気持ちと、心配な気持ちが行ったり来たりするもんだ。それに、気遣いをされて、〝いつもすみませんねえ〟なんて言われるのが、おれはどうも苦手なのさ」

「お前さんはそういうところ、なかなか奥ゆかしいからねえ」

「奥ゆかしいってほどのもんじゃあねえが、不忍池に用があっての帰り、ここでお前さんと軽口を叩いて、楊枝を買うと、なかなか好いことがあるんだ」

「なるほど、験《げん》かつぎってわけだね」

「そうだ。験かつぎなんだ。つきに見放されるのはごめんだ。頼むから、ここのおよしさんとやらに、おれのことは言わねえでおくれよ」

そんな風に又平は、いささか苦しい取り繕いをしながら、楊枝屋に通った。

おていが要らぬ気を廻して、〝仁兵衛〟なる客のことをおよしに告げるかもしれないという警戒は怠《おこた》らなかった。

訪ねる時は、およしが店にいないことをしっかり確かめてから楊枝屋に顔を出した。

おていはなかなかに口が堅く、又平の頼みを聞いてくれて、又平は一度もおよしと顔を合わせずに済んだ。

又平は、玉太郎の成長と元気な様子に触れると、僅かな一時のために遠出をすることなど、まったく苦にならなかったのである。

そうして、この日もいつものように軽口を交わして、玉太郎に何か買ってやってくれと、おていに心付けを手渡して帰ろうとした時であった。

おていが不意に、

「仁兵衛さん、あんた本当は、又平さんなんじゃあ、ないのかい」

と言って呼び止めた。

取次屋の番頭を務める又平である。少々のことでは動揺などしないが、

「まーーッ、まーーッ……」

又平の名を呼ぼうとしているのか、玉太郎が無邪気《むじゃき》な声をあげる前では、さすがに平然とはしていられなかった。

「どうしてそんなことを訊くんだい?」

にこやかに応えたが、色を失っていた。

「違っていたらごめんなさいよ。何度かおよしさんから、その人の話を聞いたも

のだから……」

「話を聞いた……？」

「これがまた好い男なんだよ。およしさんがこの子を抱えて苦労している時に助けてくれたそうなんだけどね。頼みごとができる義理でもないというのに親身になってくれた上に、財布ごと手渡してくれたってさ……」

「およしさんが、そんな話を」

「あたしにだけは何でも話してくれるのさ。あたしは、この裏手の紺屋《こうや》の女房でね。亭主が死んで、息子が跡を継いで、暇にあかして人の世話ばかり焼いているお調子者さ。およしさんとはすっかり気が合っちまって、近頃はそんな話までしてくれるんですよう」

「おていさんみてえな人と出会えて、およしさんも幸せでしたねえ」

「ふふふ、そいつはどうかわかりませんが。又平さんの話には、随分《ずいぶん》と泣かせてもらいましたよ」

又平の様子を見て、思うところがあるのだろう。おていは、たちまち涙を浮かべた。

「およしさんの話に出てくる又平って人が、どうにもお前さんと、かぶさりましてねえ」

そう言われてはもう黙っていられなかった。

事情がわかっているのならかえって話もし易《やす》いというものだ。

おていという女房も、今は後家となり気儘《きまま》な暮らしを送っているようだが、その人となりから察すると、なかなかに世の中を知っているように思える。

「ははは、おていさん、お前さんには隠し立てしねえ方が好いようだ。へい、お察しの通り、その又平というのは、あっしのことなのでございますよ」

又平は、観念してすべてを打ち明けた。

その上で、

「およしのしたいようにさせてやって、きっぱりと思い切るつもりが、二人のことがどうにも気にかかりましてねえ。こうやって、そうっと様子を見に来ていたってわけで。男らしくねえと、笑われるかもしれねえが、もう少しの間、知らねえふりをしてもらえませんか。お頼み申します」

又平は、頭を下げた。

おていは、又平の話にいちいち頷きながら聞き入っていたが、

「わかりましたよ。その辺りのところを、あたしなりにはっきりとさせておきた

かったんですよ。やっぱりあんたは好い男だねえ」

やがて満面に笑みを浮かべて、その願いに応えたのであった。

四

ひとまず、ほっと一息ついた又平は、京橋《きょうばし》へ向かった。

橋の袂《たもと》には居酒屋〝そめじ〟があり、又平の天敵とも言える女将《おかみ》のお染《そめ》がいる。

一時は川越《かわごえ》に故郷帰りをしていたのだが、秋月栄三郎が訪ねて、そろそろ帰ってくるように促したのだ。

ゆえあって別れ別れとなっていたかつての想い人は、水戸《みと》で所帯を持って暮らしていた。それを確かめて、栄三郎は報せに行ったのである。

失恋の痛手は誰よりもわかる又平であった。

お染が京橋に戻ってからは、互いにうさを晴らし合おうと、以前に増してやり合うようになっていた。

かつては面倒だから京橋を渡るのはやめておこうと思うこともあったのだが、

今は進んでここを通り、お染の姿が見えないか捜すようになっていた。

「こいつは兄《あに》さん、外には幸せが待っていたかい？」

ふと見ると、大根河岸《だいこんがし》の方からお染がやって来て、ニヤリと笑っていた。

又平は負けじと、

「何でえ、そこにいたのかい。近頃見ねえからよう、また川越へ戻ってしくしく泣いているのかと思ったぜ」

「何言ってやがるんだ。しくしく泣いているのは又公《またこう》、お前の方だろうよ」

「おれのは嬉し泣きってやつなんだよ」

「今度はうどん屋の女にでも惚れたのかい」

「手前、言っていいことと悪いことがあるぞ！」

散々に口喧嘩《げんか》をしていると、何故かすっきりとする。

それはお染も同じのようで、近頃はこの辺りの者達が、自分と又平を気遣っているのと肌で感じ、

「わっちはいつも変わらぬ染次《そめじ》だよ！」

と、吠《ほ》えたくて仕方がないようだ。それには又平とやり合うのがちょうどよい。

「又公、近いうちに飲みに来ておくれな。〝とりかぶと〟っていう好い酒があるんだよ」

「そんな縁起でもねえ酒が飲めるかよ」

こうして今日も、互いのうさ晴らしが終ると、二人はニヤリと笑って、それぞれ持ち場に戻る。

又平は、楊枝屋から帰る時は、およしと玉太郎の無事を喜びつつも、胸の内がいつも張り裂けそうになっているので、お染とやり合うと、気持ちが元に戻るのだ。

そうして、いつもの又平になって、今度は手習い道場に戻り、久栄の手伝いをして、市之助をあやす楽しみが待っている。

「又平でございます……」

中へ入ると、久栄と市之助の姿はなく、手習い所の真ん中に栄三郎が一人で座っていた。

又平は目を細めた。手習い所と剣術の稽古場《けいこば》を兼ねるこの板間に、一人ぽつりといることが、栄三郎は好きである。

それがまったく変わっていないのが、又平には何とも心地《ここち》がよいのである。

「久栄は市之助を連れて、岸裏先生の道場へ行っているよ」

「左様で、それはようござんすね。若にも強《つえ》え人になってもらいてえや。今から先生方に鍛《きた》えてもらえば、とんでもねえ剣術師範になりますぜ」

「ははは、まだ気が早《はえ》えや。達者に生きてくれたら、それだけでいいってものさ」

「ふふふ、旦那はおやさしい……」

「おれは何も変わっちゃあいないさ」

「あっしも変わっちゃあおりませんよ」

「変わっちゃあいねえが、このところ、やたらとおれに隠しごとをするじゃあねえか」

「隠しごと？」

「楊枝屋のことだよ」

栄三郎は、ニヤリと笑って口に咥《くわ》えていた平楊枝を掲げてみせた。

「随分と遠いところまで買いに行っているみてえだな」

又平は、大きく息をついた。

「おみそれいたしやした……」

「ふふふ、わざわざ言うほどのことでもねえと思ったんだろうが、他でもねえお前のことだからなあ。何だって知っておきてえじゃあねえか」

「あいすみません。手に負えねえことになれば、お話しするつもりでございましたが。端《はな》からお伝えしておかねえと、いけませんでした……」

「まあ、そう恥ずかしがるんじゃあねえよ」

「お染の奴だけには、内緒にしてやっておくんなさいまし」

「わかっているよ。おれも知らぬ顔をしておこうと思ったんだがな。お前が足繁く通うのには、何か理由があるんじゃあねえかと、それが気になってな……」

こっそりと、およし、玉太郎に会いに行っているのならめでたいことなのだが、栄三郎にはどうもそのように思えなかったのだ。

それを告げると、

「へい。お察しの通りで」

市之助を眺めていると、無性に玉太郎のことが気にかかり、会いたくなったのは確かだ。しかし、およしには未だ一度も顔を合わせていないのだと、おていという近所の後家とのやり取りなども含めて、又平は伝えた。

「なるほど、お前は相変わらずまどろこしいことをしているんだな」

話を聞いて、栄三郎は冷やかすように言った。

「まったく好い男だぜ」

「よく言われます」

「吐《ぬ》かしやがったな」

「へへへへ……」

「で、およしの居所はどうしてわかったんだ。お前のことだ、手前から調べたわけじゃああるまい」

「へい。そこなんでございます。三月《みつき》ほど前に、永代橋《えいたいばし》の上で、ばったりと吾平《ごへい》のおやじさんに出会いましてね……」

吾平は、深川永代寺《ふかがわえいたいじ》門前にある〝ひょうたん〟というそば屋の主人である。

およしはこの店で女中をしていて、又平と知り合ったのだが、吾平は彼女の叔《お》父《じ》にあたり、大変大事にされていた。

およしが、小間物屋の梅次と一緒になることに、吾平は反対をしていた。

およしはそれを振り切って、板橋で梅次と所帯を持った。

そのような経緯があるだけに、およしは吾平に顔向けが出来なかったのだが、楊枝屋を切り盛りして、立派に玉太郎を育てていることだけは伝えておきたかったのであろう。今の様子を文《ふみ》にして報せてきたという。

文には、誰にも言わないでもらいたいとあったのだが、吾平は又平贔屓《びいき》であるから、

「これは〝ひょうたん〟のおやじから聞いたってことは内緒にしてもらいてえんですがねえ……」

と、およしが不忍池の池畔《ちはん》、茅《かや》町で楊枝屋を開いていることを、ぺらぺらと喋ってしまったのだ。

「もう少し恰好《かっこう》がついたら、こちらからご挨拶《あいさつ》に伺《うかが》いますので、それまではどうぞ、そっとしてやってくださいまし」

およしは文で、そのように言っていた。

吾平も、すぐに会いに行きたいのはやまやまだが、やはりここは、およしの方から頭を下げてくるのが筋というものだ。

どんと構えて、訪ねてきたらむっつりとした表情を崩さず、まずは心配をかけたことについて叱ってやらねばなるまい。

しかし、それはそれで、およしが訪ねてくるまでは、そわそわとして落ち着かない。

そんな折に又平と出会い、

「これも何かの縁でございますねえ」

その言葉に力を込めて、ひとまず又平に下駄《げた》を預けたのだ。

「ははは、あのおやじも調子の好いことを言いやがる」

「それだけ、およしを気にかけているってもんですが……」

「言われた方は、じっとしていられねえってもんだ」

そういうことだったのかと栄三郎は、胸の支《つか》えがとれた想いであった。

吾平が又平に打ち明けたのは、およしのことを何とかしてやってもらえないかという想いからであろうし、やはり又平はおよしと深い縁で結ばれているのだ。

「で、おやじにはその後何と？」

「およしとは会わなかったが、母子共々達者にしていると、一度だけ店を訪ねて、伝えておきましたよ」

「おやじは、何だ会わなかったのかと、がっかりしていたんじゃあねえのかい」

「へい、がっかりしながら、〝お前さんは、好い男だねえ〟と」

「本当に、よく言われるんだな。悔《くや》しいねえ」

「あっしも、それだけ伝えたら、楊枝屋へはもう行かねえつもりだったんですがね。そこでおやじさんから気になることを聞いちまったんでさあ」

又平は、たちまち険《けわ》しい表情となった。

「気になることか……」

栄三郎は、このところ忘れていた、殺伐《さつばつ》とした体の疼《うず》きを感じて、

「今宵《こよい》はそいつを肴《さかな》に一杯やって、二人でじっくり頭を捻《ひね》ろうじゃあねえか」

開け放った武者窓から、菊の香りが目を覚ませとばかりに漂ってきた。

五

その翌日。

秋月栄三郎は、手習い子が帰った後、又平を連れて深川へ向かった。

「旦那、お手を煩《わずら》わせてしまいましたねえ」

水谷町からの道中、又平は何度もそう言って頭を掻《か》いたが、

「いやいや、ちょうどよかった。お前と二人で、ちょいと危ねえ橋を渡ってみてえと、近頃思っていたところさ」

栄三郎はというと、総身《そうみ》にやる気が溢れている。

そういえば、久栄が嫁《とつ》いできてからは、悪党共とのせめぎ合いをする機会はなかった。

所帯を持ったからといって、秋月家の台所事情が明るくなったわけではない。むしろ永井家への出稽古を控えたがために、実入りは悪くなっているといえよう。

以前より手習い子の数も増え、礼金は増えたものの、妻子が増えたわけであるし、あれこれ付合いに出費が多いのが栄三郎の常である。

ゆえに取次屋の仕事は、相変わらず続けているのだが、周りが気を遣っているのか、ただの偶然なのか、少し危険な匂《にお》いがする仕事は回ってこなかった。

これでは、悪人相手に取次をするのに、腕が鈍《にぶ》ってしまう。

だが、市之助の寝顔を見ていると、そのような危険に、進んで飛び込むこともなかろうと思えてくるから困る。

今度のことは、身内の又平についての取次であるから、金に結び付くかどうかはわからないが、

「又平、久しぶりに、腕が鳴るなあ」

栄三郎は、いたく上機嫌なのだ。

その想いは又平も同じなのだが、少しばかり気乗りがしないのは、およしと玉太郎を捨てた梅次に関わることであるからだ。

又平が気にかかっているのは、梅次がこともあろうに、〝ひょうたん〟に現れて、吾平に頭を下げ、およしの居所を訊ねたということであった。

吾平に、およし、玉太郎母子の無事を伝えた時、又平はその事実を報された。

「お前、よくここに顔を出せたものだなあ」

吾平は顔を見るや梅次を詰《なじ》ったという。

板橋でおよしと所帯を持ってからというもの、梅次は小間物の行商をおよしに任せて、遊び呆《ほう》けた。

そのあげくに、やくざ者の女と知らずに、料理屋の女将とわりない仲になり、仕返しを恐れて女房子供を捨てて姿を消してしまったのだ。

吾平は知らぬ顔をしていたが、そんな噂《うわさ》が耳に入ってこないわけはない。

およしは心配させまいと、板橋では何とか夫婦で頑張っていると便りを認《したた》めていたが、楊枝屋を任されることになった、ここまでの経緯を正直に吾平に報せていた。

それだけに吾平の怒りは当然で、

「とっとと帰ってくんな」

と、突っぱねた。

「いや、ちょいと話を聞いておくんなさいまし……」

それに対して梅次は平身低頭して、

「確かにあたしは、およしと一緒になってからは、ろくなもんじゃありませんでした。意気込んで板橋へ行ったものの商売は上手《うま》くいかず、客はあたしよりも、およしの言うことを聞く……。それで、ちょいと自棄《やけ》になってしまったのでございます。料理屋の女将のことも、あたしなりに商売の幅を広げようとして、日参したところ、女将に惚れられてしまいまして。逃げ出そうと思いましたが、少しでも商いの足しになったらと思って相手をしていたら、やくざの親分に疑われてしまったという次第で……。姿を消したのは、女房子供に累《るい》が及ばねえようにとの気遣いでございました。離れてみてわかりました。あたしがどれほどひどい亭主だったかということが……。およしに会って、一言詫《わ》びを言いとうございます。お願いでございます。およしと玉太郎に会わせてやってくださいまし……」

長々と、くどくどと、涙ながらに訴えたという。

吾平は、今すぐにでも町の衆を呼んで、この騙《かた》り者を叩き出してやりたいと思ったが、娘の亭主で、孫の父親である。

そこまですることも出来ず、

「今さらそんなことを言われても、何も嬉しくはないし、お前を信じられるものでもない。それに、およしの行方はこっちの方でもわからないのさ。さあ、帰っておくれ」

とにかくそう言って追い返したのだ。

「梅次の野郎は、〝またお訪ねいたしますから、何かわかったら教えてくださいまし〟などと言って帰っていったんですが、およしの居所など口が裂けても言うものですか……」

吾平は、又平にそう言って、無理で勝手なことゆえ口には出せなかったものの、その目は明らかにおよしをよろしく頼むと言っていた。

「気にかけておきやしょう」

又平は憮然《ぶぜん》たる面持《おもも》ちで、ただ一言応えて吾平と別れた。

吾平の想いはもちろんわかる。梅次が今になってのこのこと吾平の前に現れて、およしと玉太郎に会わせてくれもないものだ。

——面《つら》の皮の厚い奴だ。

とっくにやくざ者の仕返しを受けて、殺されているか、遠くへ逃げたか、その辺りがよいところだと思っていただけに、気分が悪くて仕方がなかったのだ。

吾平は、茅町の楊枝屋の話は一切《いっさい》しなかったと言ったが、梅次がいつどこで聞きつけて、母子の前に現れるか知れたものではない。

ここはやはり、時折、楊枝屋の様子を窺わねばなるまい。

それゆえ又平は、足繁くおていが番をする楊枝屋へ出向いたというわけだ。

梅次への腹立ちは、玉太郎に会える喜びでかき消された。梅次のことは頭にくるが、自分自身に対する茅町通いの口実が出来たことは、内心嬉しかった。

とはいえ、又平の心の中には絶えず靄《もや》がかかっていた。

梅次は改心したような素振《そぶ》りを見せていたようだが、あんな男の性根が容易く直るとは思えない。

しかし、梅次はおよしの亭主で、玉太郎の父親なのだ。徒《いたず》らに又平が割って入る話でもあるまい。

ひょっとして改心して、この先真面目《まじめ》に働いて、およしと玉太郎のために生きていくと言うならば、それが何よりかもしれないではないか。

そこに考えが及ぶと、又平は何とも切なくなるのであった。

又平の心の内を知った栄三郎は、

「又平、おかしな気を回すんじゃあねえよ。梅次は何か魂胆《こんたん》があって、およしに会いてえのに違《ちげ》えねえ。こいつは、そっと見守っている場合じゃあねえぜ」

と、叱咤《しった》した。

一人で決めかねているなら、道筋をしっかりと示してやるのが、自分の務めなのだと、栄三郎は思っている。

「よしんば、奴が改心していたとしても、それがどうだってんだ。謝《あやま》ってすむことじゃあねえや。悪い奴でも玉太郎の親には違いない……、およしが、そんな馬鹿《ばか》な考えをしちまう前に、何とかしてやるのがお前の仕事だろうが」

栄三郎にそう言われると、又平は俄然《がぜん》元気が出た。

「辰巳《たつみ》（深川）へ行くぞ」

「へい！」

こうなれば、こっちの方から梅次の化けの皮をはがしてやる――。

黒羽二重《くろはぶたえ》の着流しに、太刀《たち》を落し差しにした栄三郎と、唐桟《とうざん》の着物を小粋《こいき》に着た又平が道行く。

取次屋の二人の心意気は変わってはいない。

深川へは、無論、〝ひょうたん〟の主《あるじ》・吾平に会いに行くのである。

六

「これは旦那までお越しいただきまして、ありがとうございます……！」

秋月栄三郎が、又平と共に店を訪ねると、主の吾平は抱きつかんばかりに二人を迎えて、入れ込みの奥にある小座敷へと請《しょう》じ入れた。

上気した顔を見るに、又平が動いてくれるに違いないと心待ちにしていたようだ。

吾平は、酒とそばがき、かまぼこを持ってこさせて、自《みずか》ら酒を注《つ》いで歓待すると、

「本当は、梅次の顔を見たその日に、旦那と又平さんをお訪ねしたいところだったのですが、およしのことだけに、ためらわれましてねえ……」

大きく息を吐いた。

又平が訪ねてくれたので、ここぞとばかりに打ち明けたものの、

「梅次のことなど知ったこっちゃあねえや。よりを戻したけりゃあ、勝手にすりゃあいいんだ」

又平にそう思われても仕方がないというものだ。

しかし又平であれば、梅次からおよしを守ってやろうと考えてくれるであろう。一日千秋《いちじつせんしゅう》の想いで待っていたのである。

こういう相手には、まず強い言葉を投げかけて落ち着かせるに限る。

「おやじ殿、梅次を追い返したのは、好い分別だったねえ。涙を見せようが、頭を下げようが、あんな野郎を信じちゃあいけませんよ。又平から話を聞いて、何が何でも奴の化けの皮をはがしてやろうと思って、今日は訪ねてきたんですよう」

栄三郎は、しっかりと頷いた。

「ついては、おやじさんにも手伝ってもらいたい」

吾平も若い頃は、喧嘩に明け暮れたこともある。

「何なりと！」

男の血潮が体を巡《めぐ》り、思わず身を乗り出した。

「梅次はきっとまた、この店に来るはずだ。その時に、梅次の情にほだされたふりをして、〝今あれこれ尋ねているから、ひとまず三日後の夕方に出直してくれねえか〟そう言っておくれ」

「で、三日後に来た時は何と言えばよろしいんで」

「ちょいと手がかりが摑めそうなのだが、わけ知りの人が旅に出ているようなので、また三日後に訪ねてくれねえか……」

「その場はまた帰すのですね」

「とにかく奴が来たらすぐにおれ達に報せてもらいてえんですよ」

又平が続けた。

「梅次の跡をつけて、奴が今何を企《たくら》んでいるのか、そこではっきり見極めてやりますよ」

「なるほどそういうことですか。よくわかりました。こうなれば、一刻《いっこく》も早く訪ねてきてもらいたいもので」

吾平は興奮を隠せずに、自らも酒を呷《あお》ると、来たら渡そうと予《かね》て用意をしてあった金封を差し出した。

ひとまず、仕事になったようだ。後は誠心誠意、離れ離れになっている吾平とおよし、玉太郎を取り次ぐだけである。

それから七日後の夜。

栄三郎と又平は、深川永代寺門前の盛り場《さかば》を歩いていた。

二人はつかず離れず歩いていたが、驚いたことに、栄三郎の傍らには、南町《みなみまち》奉行所定町廻り方同心《ぶぎょうしょじょうまちまわりかたどうしん》・前原弥十郎《まえはらやじゅうろう》がいた。

弥十郎のこの夜の出立《いでたち》は、着流しに宗十郎頭巾《そうじゅうろうずきん》を被《かぶ》った、物持ちの浪人風である。

栄三郎達三人の前方を一人の男が歩いていた。

その男こそ、小間物屋の梅次であった。

栄三郎の予想通り、梅次は再び〝ひょうたん〟を訪ねてきた。その時もまた、

「今は、ちょっと人の家に厄介《やっかい》になっておりますので、きちんと落ち着き先が決まれば、すぐにお知らせいたします」

などと自分の居所をはっきりと明かさなかったというから、ますます怪《あや》しいものだと思われた。

そして、予て申し合わせたように吾平が応え、今日になって、梅次はまた訪ねてきたというわけだ。

既に吾平からは報せを受けていた。

栄三郎は又平と共に、〝ひょうたん〟の小座敷に詰めて、梅次が来るのを待ち受けていたのだが、ここへ弥十郎を呼んだのである。

栄三郎は、梅次が再びうろうろしていると聞くや、すぐに弥十郎を八丁堀《はっちょうぼり》の組屋敷に訪ねた。

弥十郎の妻は梢《こずえ》という。弥十郎とは従妹《いとこ》同士で、女ながらも剣術をよく修め、一時は女武芸者として別式女《べつしきめ》にならんとしたことがある。

これは、幼い時から弥十郎の許《もと》に嫁ぐものだと思っていた梢に対して、弥十郎がその想いにまったく気付かずにいたことへの反発であったのだが、

「梢の腕のほどを見てやってくれねえか」

弥十郎は、すっかり真に受けて、栄三郎に頼んだことがあった。

別式女になれるほどの腕がないのならば、武家の娘らしく、きちんと嫁に行けばよいのだと、弥十郎なりに考えたのだ。

蘊蓄《うんちく》おやじで、人の気持ちがわからず、いつも他人を苛々《いらいら》させる弥十郎らしい話ではあるが、結局、すったもんだの末に、己の考え違いに気付き、晴れて梢と夫婦になった。

それには、当時は萩江《はぎえ》という名で旗本・永井家の奥向きを束《たば》ねていた久栄に、梢の弥十郎への想いを訊き出してくれるよう頼んだ栄三郎の取次が、大きな功《こう》を奏《そう》したのである。

ゆえに、弥十郎の組屋敷を訪ねると、梢は栄三郎を喜んで迎えてくれる。

日頃は、栄三郎にあれこれ皮肉な物言いをする弥十郎も、屋敷を訪ねられると、愛妻の手前弱くなるのだ。

「前原の旦那、ちょいとお力を貸してやってくださいませんかね」

梢に聞こえるように頼みごとをすると、弥十郎も聞かぬわけにはいかなくなる。

栄三郎の話を聞くと、確かに小間物屋の梅次という男は怪しげだ。

すぐに手先に調べさせると、板橋を出た小間物屋の名が、よく話の中に上るという。

どうやら、おかしな奴らとつるんで、騙りの片棒を担《かつ》いだり、小博奕《こばくち》に現《うつつ》を抜かしているようだ。

「まあ、おれくれえになるとよう、そんな取るに足りねえような野郎にいちいち構っちゃあいられねえってもんだが、他ならぬ栄三先生の頼みだ、ちょいと出張ってみるか」

もったいをつけるのは相変わらずだが、梢との間に幼な子がいる弥十郎は、これでなかなかの子煩悩で、梅次が女房のみならず乳呑《ちの》み児《ご》まで捨てたと聞くと、黙っていられなくなったようだ。

栄三郎にしてみれば、弥十郎と一緒に梅次をつけるのは真《まこと》に面倒ではあるが、いざという時は話が早く済みそうだ。

そうして、再び梅次が〝ひょうたん〟にやって来て、応対に出た吾平が、

「すまないが、ちょいと当てが外れちまってねえ。頼みのお人がまだ旅から帰ってこねえんだ。また出直してくれないかねえ。何ならこっちから繋ぎを取ろうか？」

堂々たる物言いで、栄三郎から言われた通りの台詞《せりふ》を言った。

「あ、いや、それには及びませんよ」

やはり自分の居所を伝えない梅次であった。

「お前、本当に前のことを悔《く》いているのだろうねえ」

吾平は、さらに厳しい言葉をかけた。

言わずにはいられなかったのであろう。

「悔いております。悔いているから、一目会いたいのでございます……」

梅次は殊勝《しゆしよう》に応えたが、その声音にいささかの動揺を覚えたのは、栄三郎も弥十郎も同じであった。

「そんなら、またきっと参ります。ごめんくださいまし」

梅次は店を出た。そこから三人の追行が始まったというわけだ。

弥十郎は、もちろん髪は小銀杏《こいちよう》、着流しに巻き羽織、紺足袋《こんたび》に雪駄《せった》履《ば》きという、八丁堀同心の姿を改めねばならない。

日頃はほとんどすることのない微行《びこう》姿となり、小粋で金回りのよい浪人を、栄三郎と共に演じようとした。

それはよいのだが、固太りで丸顔の弥十郎は、小粋が似合《にあ》わない。面体《めんてい》を隠さんとして身につけた宗十郎頭巾が、丸く収まり、初め見た時は、栄三郎と又平も笑いを堪《こら》えんとして、しばし無言になった。

だが弥十郎は、なかなかにこの姿が気に入ったようで、

「わざわざこんな恰好してまで、追いかけ回すほどの相手ではねえが、たまにはこんなのもおもしれえなあ」

ぶつぶつ余計なことを言うので余計におかしくて堪《たま》らない。

ともあれ梅次は、やくざ者に恨みを買って板橋から逃げ出した男とは思えぬ無防備さで、町を歩いていた。

深川から本所《ほんじょ》へ抜けて、大川橋《おおかわ》を渡る。

その間も梅次の目は、きょろきょろと道行く女達に向けられていた。

目鼻立ちがすっきりとしたやさ男で、小間物を扱う仕事柄、梅次は女達の気を引いた。

一見すると、吾平の前で涙を浮かべて自省した時のように、やさしさや誠実さが漂っているので、女はついつい騙されてしまうのであろう。

そして、梅次の飯《めし》の種《たね》は、いつもそういう馬鹿で哀れな女であった。それゆえ、獲物を物色する癖がついたのに違いない。

「何だか、眺めているだけでむかむかとする野郎だな」

弥十郎がぽつりと言った。

――それはお前も同じだよ。

栄三郎は、心の内でニヤリとしたが、間の悪いことこの上ないこの蘊蓄おやじが、誰よりも強い正義漢であることを、栄三郎はよく知っている。

この野郎を引っ捕えてやる――。

弥十郎の中で、そんな想いが湧《わ》き上がってくれたらいうことはなかった。

やがて梅次は、浅草駒形町《あさくさこまがた》の盛り場へと入った。

心なしか、肩で風を切っているように見える。

町をうろつく三下達《さんした》が、梅次に会釈《えしやく》をしていた。

紺木綿《こんもめん》の上っぱりを引っかけた職人風の出立の又平が、栄三郎と弥十郎の数歩先で顔をしかめていた。

――野郎、調子に乗りやがって。誰かは知らねえが、この辺りの顔役に引っ付いてやがるに違えねえ。

それゆえ、恰好をつけているのだと、又平は思い至ったのだ。

その想いは、栄三郎と弥十郎も同じであった。

川端《かわばた》に大きな赤提灯《あかちようちん》を軒にぶら下げた居酒屋があった。中から聞こえてくる嬌声《きようせい》から察するに、四、五十人は入る店のようだ。

梅次はその中へと入っていった。表から覗き見ると、猥雑《わいざつ》な店の入れ込みの奥に小上がりがあり、そこで一人で飲んでいた遊び人風の男が、じろりと梅次を見た。

「あ奴は、遊び人の右之吉《うのきち》だ……」

栄三郎の傍らで弥十郎が呟《つぶや》いた。

七

「梅、お前まだ女房の居所が摑めねえのかい。まったくのろまな野郎だぜ」

「右之兄ィ、もう少しだけ待っておくんなさいな。吾平のおやじは、きっと居所を知っているはずでさあ」

「怪しまれねえように用心するのはわかるが、金蔓《かねづる》はいつも身近に置いておくもんだ」

「そこんところが、右之兄ィのように上手にできねえんですよ」

「甘口なことを言ってやがる。いいか、女ってものは男に尽くすために生まれてきているんだ。この人は、あたしが構ってやらないとどうしようもない、心地よくそんな想いにさせてやらねえでどうするんだ」

声にどすが利いているが、遊び人の右之吉もまた、梅次に劣《おと》らぬ美丈夫であった。

こめかみから尖《とが》った顎《あご》へ続く横顔に、どこか愁《うれ》いが漂い、少しやくざな風情《ふぜい》と合わせて、女をたらし込んでいるのであろう。思いあがった言葉を並べて、兄貴風を吹かしている。

「だが兄ィ、およしと会ったところで、もうおれに構ってやろうとは思わねえだろうよ」

「馬鹿野郎、ガキがいるだろうが。お前を構うつもりはなくとも、女は腹を痛めてできた子のために命を張るってもんよ」

「そんなら、玉太郎はおれの子だ。もらっていくぜ、なんて言って脅しますかい」

「お前はまだそんなのろまなことを言ってやがるのか。ガキをもらったって一文の得にもならねえだろ」

「へえ、まあ、そりゃあ……」

「わからねえのか。お前は、まだ女房を離縁したわけじゃあねえんだろう」

「へい……、なるほど、そういうことで……」

「お前が犯した罪は、女房子供に降りかかるんだよう」

「ごもっともで……」

「お前は板橋で、滝川《たきがわ》の常五郎《つねごろう》の女に手を出しちまった。うまく逃げたものの、常五郎は許しちゃあいねえ。いや、常五郎が動かずとも、周りの者が黙っちゃあいねえ」

「兄ィ、何とか助けておくんなさいな」

「わかっているさ。おれについていりゃあ心配はいらねえ。だがな、お前を庇《かば》ってやるにも先立つ物がいるってことを忘れるな。お前は他にも方々で借りた金を踏み倒したり、偽《にせ》の象牙《ぞうげ》を売り捌《さば》いたり、おれも随分と面倒を抱えているってもんだ」

「だから、何だってするよ」

「大したことじゃあねえ。およしの居所がわかったら、おれがお前を引き据《す》えて、およしの前へ連れて行って、こいつの不始末をどうしてくれるんだと脅すだけさ」

「それで、およしをどこかへ売りとばすとか？」

「人聞きの悪いことを言うな。およしは何度か見たことがあるが、なかなかの玉だ。囲いてえっていう旦那もすぐに見つかるぜ」

「旦那取りをさせるってわけで」

「そうすりゃあ、母子共々食うには困らねえ。これも人助けだ」

次から次に、悪巧《わるだく》みの言葉が口をつく。

こんな話をしていても、それが周囲の喧騒《けんそう》に溶《と》け込んでしまう。正しく鬼の巣窟《そうくつ》とはこの居酒屋のことであろう。

「だからよう、お前、しっかりと金蔓の居所を掴むんだぜ」

と、右之吉が声に力を込めた時であった。

小上がりの後ろにある小窓が、するすると開いた。

怪訝《けげん》な目で右之吉と梅次が見ると、窓を開けているのは人の指ではなく、きらりと光る鉄の棒であった。

「おう、お前ら、おもしろそうな話をしているじゃあねえか」

窓から顔を覗かせたのは、前原弥十郎であった。

既に宗十郎頭巾は脱いでいて、丸顔には今ひとつ似合わぬものの、小銀杏に結った髷《まげ》が頭に載っていた。

窓を開けた棒の正体は十手《じって》で、弥十郎はそれを突き出しながら、

「ちょいと顔を貸してもらおうか」

同心の威厳ある声で、二人に言った。

この二人は、叩けばいくらでも埃《ほこり》が出るだろう。大した手柄にもならないが、

今日の微行での見廻りに際して、栄三郎から心付けも出ている。すんなりと悪事を突き止めて、弥十郎はしてやったりであった。

「あ、あ……」

右之吉と梅次の顔が歪《ゆが》んだ。肚《はら》の据わった二人ではない。その歪み方は、実に間抜け面となる。やさ男の美丈夫の間抜け面ほど、滑稽《こっけい》である。

間抜け同士は、顔を見合わせて、一目散《いちもくさん》に裏口から逃げ出さんと、小上がりを下りて、土間の奥へと駆《か》け込んだ。

同心らしき男は窓越しにいる。まず逃げようとしたのだが、

「馬鹿野郎！」

奥で声がしたかと思うと、二人は店の内へと叩き戻された。

裏手には秋月栄三郎がいて、二人を待ち受けていたのだ。

「な、何をしやがる……」

頰《ほお》げたを張られ、腹を蹴《け》られた右之吉は、梅次にもたれかかるようにして、土間に倒れた。

「へ、へへ……」

悲鳴を発した梅次は表へ出ようとしたが、表からは又平が駆け込んできて、

「手前！　この屑《くず》野郎が！」

ぽかぽかと梅次の顔面に鉄拳《てっけん》を浴びせ、梅次が倒れると、馬乗りになって、さらに殴《なぐ》りつけた。

栄三郎は、これほどまでに怒り狂った又平を見たことがなかった。

又平の目には涙が浮かんでいた。涙に目が曇って、梅次が伸びてしまっているのもわからないようだ。

およしへの恋情と共に、愛情を注いできた玉太郎の血の中に、梅次の血が潜《ひそ》んでいる。

梅次を殴れば殴るほど、玉太郎を殴っているような気持ちにさせられるのであろうか。

又平の涙が乾《かわ》くことはなかった。

「又平、もういいだろう。後は旦那に任しな」

栄三郎のにこやかな目差《まなざし》だけが、又平の荒れ狂う心を鎮《しず》められるのである。

八

梅次は右之吉と共に、前原弥十郎によって引っ立てられた。

「まあ、これからちょいと叩いてやるが、梅次が二度と江戸に戻れねえことだけは確かだろうな」

弥十郎はそう言って、又平に励《はげ》ましの言葉をかけたものだ。

梅次はもうとっくに、およしとは夫婦別れをしている——。そのようにしておくと、弥十郎は胸を叩いた。

「人の親になって、少しはあの旦那も、物わかりがよくなったじゃあねえか」

栄三郎は、そう言って、

「又平、久しぶりに一暴れしてやったな。好い仕事をしたもんだぜ」

その日はそのまま二人で深川へ繰り出し、まず〝ひょうたん〟へ顔を出し、吾平に成果を報せがてら祝杯をあげた。

吾平は大喜びで二人をもてなし、さらに辰巳の色里へと案内した。

「おれとお前は、いつまでも馬鹿でいような」

「へい！　あっしはそのつもりでおりやすよ！」

女子供に気をとられてばかりはいないぞと、栄三郎と又平は、初めて会った頃に戻って、気勢をあげたのである。

その後も時折、又平の楊枝屋への見守りは続いた。

栄三郎にしても、店番のおていにしても、又平のその行為がまどろこしくて仕方がなかったが、いつか又平の想いがおよしに届く日がこよう。

悪いことをしているわけではない。

又平が気のすむようにすればよいのだ。

〝ひょうたん〟の吾平もまた、

「およしと玉太郎の傍に一生いてやっておくんなさいまし」

又平に正面切って言いたいのはやまやまだが、そんなことを言えた義理でもないと堪えて、

「ああ、何やらそわそわとするねえ」

と、気を揉むのを楽しみとしたのである。

晩秋のある日のこと。

又平は朝から不忍池の畔《ほとり》にある楊枝屋へ、いそいそと出かけた。

この日は生憎《あいにく》、店を訪ねたものの、玉太郎はおていの傍らで寝息をたてていた。

おていは又平を気遣って、

「もう目を覚ます頃だと思うから、ゆっくりしていっておくれな」

およしはまだ帰ってこないはずだと言ってくれたが、

「いや、いいんだよ。こうして寝顔を見ているだけで、おれはほっとするのさ」

又平はそう応えて、しばらく玉太郎の寝顔を眺めてから、楊枝屋を後にした。

「何だかしまらねえなあ……」

栄三郎も久栄も何も言わないが、さぞ心の内で呆《あき》れていることであろう。

しかし、又平はしみじみと幸せを覚えていた。

梅次が捕えられたことは、吾平の方からそっと伝えてくれる手筈《てはず》になっていた。

役人が人情に厚い人で、梅次は独り身として処断し、島送りになるであろうと添えて——。

これでおよしの気も晴れるであろう。それから彼女が何を想うかはわからない。わからないから楽しいのである。

池畔に吹く風は、日毎《ひごと》冷たくなっている。

しかし、玉太郎が寒さに震えることもあるまい。

温かな寝床で、あどけない寝顔を見せることであろう。

京橋にさしかかると、橋の袂に〝そめじ〟のお染が、所在なげに立っていた。

「おう、店が流行《はや》らねえから、そこで客引きか」

又平は先制攻撃を仕掛《しか》ける。

「やめろやめろ、余計に客が逃げていくぜ」

「その間抜けな声は又公かい」

お染は、そろそろ来る頃だと待ち構えていたのか、

「何だい何だい。お前、このところ好い男だと言われているんだって？　ほんに好い男だ、その糸みたいな目が色っぽいよ」

迎撃態勢は整《ととの》っていた。

「そういうお前の目は皺《しわ》っぽいぜ。よう！　染次婆《ば》ァさん！」

この日は又平に分があった。悠々《ゆうゆう》と京橋を渡ると、

「又平さんかい？」

通りすがりの男に呼び止められた。

男は結城《ゆうき》の着物と羽織に、献上《けんじよう》の帯。貫禄《かんろく》十分の俠客《きようかく》風であった。その後ろには、乾分《こぶん》と思われる勇み肌を二人従《したが》えている。

又平は、男の顔に見覚えはなかった。しかし、名を問われては素通り出来なかった。

「へい、そうでございますが……」

警戒しつつ低い声で応えた。

「おれは板橋の常五郎ってもんだ」

「板橋の……。もしや、滝川の親分さんで？」

滝川の常五郎というのは板橋の顔役で、梅次が手を出した料理屋の女将の旦那であった。梅次が板橋から逃げ、およしが途方に暮れたのにはこの男の影があった。

又平は、ますます警戒を強め、いざという時のための喧嘩煙管《ギセル》に、いつでも手を伸ばせるように身構えたが、

「栄三の旦那から何か聞いてもらったかい？」

常五郎は穏《おだ》やかな物言いで頰笑んだ。

頭の中で描いていたやくざ者とはまるで違う、男伊達《だて》の様子に、又平は少し緊

張が解けて、

「旦那から、親分のことを？」

「何だ。やはり聞いていなかったのかい。おもしれえ旦那だなあ」

常五郎は、おかしそうに笑った。

「いや、先だってわざわざ板橋まで足を運んでくださってねえ……」

「旦那が板橋へ……？」

常五郎の話によると、常五郎が女にさせていた旅籠《はたご》へ、ふらりと秋月栄三郎が現れて、

「ちょいと親分に会わせてもらいたいのだがなあ」

と、女中に言ったそうな。

板橋の顔役のことである。親分の命を狙《ねら》いに来た者だと決めつけて、

「おう、手前、何しに来やがった！」

と、乾分達が数人現れて、栄三郎に立ちはだかったので、

「だから会いてえと言っているんだ。小間物屋の梅次のことで話があるのさ」

栄三郎もつい語気が強くなる。

梅次といえば、常五郎の女に手を出して、板橋から姿を消した男である。さす

がに常五郎も、

「くだらねえ女を傍に置いたおれが馬鹿だったよ」

と嘆きつつ、乾分に殺されそうになった女を、旅籠から追い出すだけにすませてやった。

しかし、乾分達は梅次を許していなかった。

「小間物屋の梅次だと？　手前、奴の回し者か！」

問答無用で、殴りかかってきた。

「馬鹿野郎！」

こうなると話にならない。元よりそれを覚悟で来ている栄三郎は、太刀を鞘《さや》ごと腰から抜いて、初めの一人の腹を突き、続く一人の頬げたを払い、もう一人の足の甲《こう》を叩いた。

あっという間に三人はその場に踞《うずくま》った。

町の若い衆相手なら、これくらいは朝飯前の栄三郎である。

乾分はあと二人いたが、腕の違いに呆然《ぼうぜん》として、かかるにかかれなくなって立ち竦《すく》んだ。

「まず話を聞いてくれよ……」

栄三郎はそこで、しかめっ面をしてみせた。

強さを見せてから、愛敬を振りまく。

栄三郎の間合は絶妙で、泣きっ面を見せられると、相手は脅されてそうするのではなく、自らが、

「この旦那と話してみたい」

と思ってしまう。

「おれは梅次の仲間なんかじゃあねえんだよ。人聞きが悪いぜまったく。お前達がすっきりとする話を持ってきたのさ」

「そういう……、ことで……」

腹を突かれた一人が、苦しげに言った。

そこへ、常五郎が現れて、

「こいつは、乾分共が、とんだ御無礼をいたしました」

と、頭を下げた。

栄三郎は、常五郎を一目見て、なかなかの男だと思い、

「お前さんが親分かい？　ちょいと頼みてえことがあって来たんだが、軒先を騒がしてしまって面目ない。おれは秋月栄三郎という者だ……」

彼もまた、丁重《ていちょう》に頭を下げたのであった。

「いや、それからは栄三の旦那と、盃《さかずき》を交わしたんだが、楽しかったの何の……」

常五郎は、その時のことを思い出し、又平の前で満面に笑みを浮かべた。

「旦那は、梅次の話を……？」

「ああ、お前さんの男気に応えて、お町の旦那が梅次の野郎を引っ括《くく》ったと教えてくださったのさ。それに免じて、およしと玉太郎のことは、そっとしておいてやってもらいてえとね」

「左様で……」

又平は、感動に体が震えてきた。

梅次と右之吉を牢屋《ろうや》送りにした興奮が冷めず、ついうっかりとしていたが、滝川の常五郎が、およしに落し前を迫る恐れは残っていた。

そこをすっきりさせておくのが取次屋の後始末というものだ。栄三郎は、それをそっと済ませてくれていたのだ。

「そうでございましたか。それで、親分は了見なされてくださいましたか……」

又平の震える声を聞いていると、常五郎も胸が熱くなってきたのか、

「訊ねられるまでもねえさ。元より梅次とおれの女のことは、およしさんと子には何の関わり合いもねえことだ。又さんと呼ばしてもらうぜ。お前が大事にしてあげなせえ」

「へい。ありがとうございます。うちの旦那も人が悪いや。言ってくれりゃあいいのに……」

「まだしばらくは気が立っているから、又平は置いて一人で来たと、言っていなさったよ。言わずにいたのは、照れくさかったからじゃあねえのかい」

「なるほど、こいつは面目ねえ……。親分、ご案内いたしますから、うちの旦那に会っていかれませんか」

「そうしてえのはやまやまだが、又さんの邪魔になっちゃあならねえや。今日は通りすがりに立ち寄ったので、またの機会にさせてもらうよ。だが又さん、お前の旦那は飾りのねえ、ほんに好い男だねえ」

つくづくと言う常五郎に、又平は深々と頭を下げると、小走りに手習い道場へ向かった。

玉太郎の寝顔も、市之助の寝顔も、見れば心を癒《いや》されるが、

「やっぱりおれは、旦那の笑った顔を見るのが何よりよりだぜ」

堪えた涙は心の内に沁《し》み込んだ。又平の顔は緩《ゆる》みっ放しで、少し尻下がりの目が糸のようになっていた。

第二章　胸の煙

一

「このところ、勘《かん》さんがどうも打ち沈んでいて、おもしろくないのですよ」

市之助をあやしながら、お咲が言った。

相変わらず、三日にあげず手習《てなら》い道場へ来ては、市之助の顔を見に来る愛弟子《まなでし》の姿に目を細めつつ、

「そうか、そいつはいけねえなあ。だが、あの野郎が打ち沈んでいる姿ってのも、それはそれで見ていておもしろいではないか」

秋月栄三郎は、ニヤニヤと笑った。

「わたしも初めのうちはおもしろがっていたのですが、だんだん笑えなくなって

きたのです……」

日頃は天真爛漫《てんしんらんまん》で笑みを絶《た》やさぬお咲であるが、今はしかつめらしい顔となり、市之助をそっと寝かしつけていた。

その様子を見ると、ただごとではないようだ。

栄三郎も真顔となり、

「いってえどうしたんだろうな。女にでも振《ふ》られたか」

「どうもそのようでございます」

「ほう……」

ぴたりと当ててしまって、栄三郎はばつが悪く口をつぐんだ。

そういえば、近頃は顔を見ていなかったと頷《うなず》いた。

勘さんというのは、〝こんにゃく三兄弟〟の長兄・勘太のことである。

かつては、弟の乙次、千三と共に、八丁堀の東方、亀島川《かめじまがわ》と大川《おおかわ》の間に埋め立てられた〝こんにゃく島《じま》〟の盛り場《さかば》でよたっていた。

それが栄三郎に懲《こ》らされ、その縁をもって、兄弟でお咲の実家である田辺屋の奉公人となった。

栄三郎の人柄にぞっこん惚《ほ》れ込み、手習い道場で剣術の手ほどきも受け、馬鹿《ばか》は馬鹿なりに男振りをあげて、今ではなかなかの人気者となったのだ。

田辺屋では主に力仕事や、品物の搬入搬出の立会、店の警衛《けいえい》を任《まか》され、栄三郎の剣友・松田新兵衛に嫁《とつ》ぐ前は、お咲が外出《そとで》をする折、供を務《つと》めた。

新兵衛と夫婦になってからは、岸裏道場で暮らすお咲であるが、道場から田辺屋はほど近く、何かというと顔を出していたから、未《いま》だに〝こんにゃく三兄弟〟との交流は続いている。

それゆえ、元気のない勘太を見ると気になるのである。

栄三郎と久栄に市之助が誕生すると、田辺屋の大旦那《おおだんな》・宗右衛門の供をして、勘太もまた市之助の顔を見に、何度も手習い道場には訪れていた。

「先生、やっぱり赤子の顔を見ていると心が洗われますねえ。〝千の倉より子は宝〟なんてえますが、まったくその通りだ……」

そうして、聞きかじりの言葉をもっともらしく口にして、悦《えつ》に入っていた。

「勘さん、こちらの若を見て、自分もこの辺りで身を固めてみようか、などと思っていたんじゃあないですかねえ」

お咲にはそのように見える。

「なるほど、そう思っていた矢先に、女に振られちまったか」

栄三郎は、やれやれといった表情で、柔らかな市之助の頭を撫《な》でた。

今は手習いも終り、手習い所を久栄と又平が片付けている。

居間で市之助の面倒《めんどう》を見るのが栄三郎の役目だが、その間を見計らってお咲は、市之助を構いに来ていた。

「市之助が生まれたのを皆が喜んでくれるのは嬉《うれ》しいが、おい、市之助。お前は人の心を随分《ずいぶん》と騒がせているようだぞ」

栄三郎は、もみじのような手を顔の前でもぞもぞさせている市之助に話しかけた。

又平も市之助をあやすうちに玉太郎を思い出し、そっと楊枝《ようじ》屋へ通うようになった。ここにいるお咲も、新兵衛との間に子が授《さず》からぬことに気を揉《も》んでいるのだ。

市之助は、にこにことしながら、眠いのであろうか。顔をこすり始めた。

栄三郎は、声の調子を落して、

「勘太がふさいでいると、乙次と千三にも移っちまうだろうな」

「はい、二人共すっかりと大人しくなってしまっています」

「だろうな……」

何故《なぜ》かいつも一緒にいるのが、〝こんにゃく三兄弟〟で、勘太が三十五歳の年子である。

熊《くま》のようなむさ苦しい顔は、三人共そっくりであるが、いかつく見えたり、かわいく見えたり、三人揃《そろ》うとえも言われぬ味わいがある。

それが、三人共に元気がないとなれば、周りの者達は物足りなくなる。

「父も、随分と案じております」

大旦那となってからは、三兄弟を供にして、方々に繰《く》り出すようになった宗右衛門である。

もちろん勘太とて、宗右衛門の前では元気な様子を取り繕《つくろ》いはする。それくらいの分別はついているのだが、

「まあ、世の中を渡ってきた大旦那ともなれば、奴が胸の内に何か屈託《くったく》を抱《かか》えていることくらい、すぐにわかるってもんだ」

栄三郎には、その様子が手に取るようにわかる。

かといって、

「勘太、何か思い悩んでいることでもあるのかい？」

などと宗右衛門が訊《たず》ねると、

「大旦那に気を遣《つか》わせちまった。おれとしたことが、こいつはいけねえ……」

勘太はさらに悩むかもしれない。

分限者《ぶげんしゃ》であっても、下々《しもじも》の者にまで気を遣うのが田辺屋宗右衛門である。

江戸でも指折りの呉服店として繁盛《はんじょう》しているのにも、それなりの理由があるというものだ。

それを察したお咲が気を利《き》かせて、乙次と千三にそっと訊ねてみたところ、

「兄貴はどうも、女に振られたみてえなんですよ」

と、応《こた》えが返ってきた。

一石橋《いっこくばし》を北に渡ったところにある、一膳《いちぜん》飯屋の二十五、六の女中がそうであったらしい。

以前にちょっかいを出してくる下衆《げす》な客から、守ってやったことがあり、それからわりない仲になったようだ。

勘太は随分と惚れていて、

「おれがお前にしてやれることなど、たかがしれているが……」

などと言いながらも、あれこれと面倒を見てやり、時に金品も渡していたと思われる。

いものかねえ」

それでも、所帯を持つとなると、

「おれのような馬鹿が、人さまの真似《まね》をして女房をもらうなんてことがあってい

などと、気取ってみたり、恰好《かっこう》をつけてみたりして煮《に》え切らない。

女房にしたい気持ちはあるが、乙次、千三の面倒も見てやりたいし、所帯など

持てば、自分は女房の虜《とりこ》になって身動きがとれなくなるのではないか——。

そんな迷いが頭を過《よぎ》るのであろう。

栄三郎にもその気持ちはよくわかる。

気心が知れている安心から女に甘えてしまい、自分の身の回りの義理をせっせ

と果すうちに、つい女とのことが後回しになっていく。

そんな暮らしの中。女は勘太に愛想《あいそ》を尽かして、

「あたしは嫁に行っちまうよ」

ある日、そう言って勘太の前から去っていったのだ。

勘太はいつでも恰好をつけたがるから、

「そうかい。そいつはよかったじゃあねえか。幸せになるんだぜ」

傍《はた》で見ていると、

「あほか。何を恰好つけてけつかるねん！」

思わず大坂の口跡で叱《しか》りつけたくなるのが勘太である。

お咲が言うように、このところは市之助を見ることで、〝やはり所帯を持ってみようか！〟などと思っていた矢先に振られてしまったのに違いない。

——どうせおれなんか。

などとひねくれてしまうと男は性質《たち》が悪い。

「わかったよ。勘太については、あれこれ考えてみよう。要は、奴が女に逃げられたことも笑い話にできるようになればいいんだな。まあ、あの馬鹿もおれにとっては弟子の一人だ。何とかしてやらねえとな……」

栄三郎は、お咲の願いは、田辺屋宗右衛門の願いでもあると察して、頭を捻《ひね》ったのである。

ふと見ると、市之助はすっかりと寝息を立てていた。

手習い所の片付けも終ったようだ。

二

それから三日後のこと。おあつらえ向きに、勘太の方から手習い道場に秋月栄三郎を訪ねてきた。

勘太は思い詰《つ》めた様子で、

「先生、ちょいと話を聞いてやってもらいてえんですが……」

と、言う。

振られた女のことについて愚痴《ぐち》を聞いてもらいたいのかと思えば、そうでもないようである。

「話くらいいつでも聞いてやるよ。それにしても、お前はほんに真面目《まじめ》な顔が似《に》合《あ》わねえ男だなあ」

「相すみません」

「何でもいいや。ちょうどおれも退屈していたところだ。〝そめじ〟で一杯やるか」

「へい。ありがとうございます」

栄三郎は、勘太が女に振られたと聞いたことはおくびにも出さず、まだ一杯やるには少し明るい時分であったが、勘太を連れて〝そめじ〟へと繰り出した。

紺暖簾《こんのれん》を潜《くぐ》ると、なかなかに店は客で賑《にぎ》わっていた。

女将《おかみ》のお染が、一時川越に故郷帰りしている間は、深川で出ていた頃の妹分・竹八《たけはち》が店を切り盛りして守っていた。

竹八も、染次に続いて芸者から足を洗い、何か小商《こあきな》いでも始めようかと思っていた矢先であったのでちょうどよかったのである。

染次に劣《おと》らぬ気風《きっぷ》のよさと男勝りで鳴らした竹八だけに、客のあしらいも巧《たく》みで、物珍しさもあり、かえって店は繁盛した。

お染が帰ってからは、

「こんなに客が増えちまったら、わっちの手に負えないよ」

と言うので、竹八はそのまま店に残り、女二人で店を開けていた。

それがまた受けて、このところは〝そめじ〟も大忙しであったのだ。

お染は、かつて恋仲だった男が、ゆえあって水戸に逃れ、今では女房をもらって暮らしていると知り傷心であった。

店が忙しいのは、雑念を払うにちょうどよかったといえる。

——時が経《た》つというのは、おもしろいものだなあ。

栄三郎はつくづくとそう思う。

自分は人の親となり、この勘太とて、町の鼻つまみ者であったのに、こうして栄三郎が世話を焼きたくなる男に生まれ変わっているのだ。

「栄三さん、今日は二人かい？」

お染が言った。

「又公がいないというのは何よりだ……」

憎まれ口を利きつつ、栄三郎の定席である小上がりは、きっちりと空《あ》いている。

店が忙しくて客が入り切れなくなっても、今までの常連はいつでも店に入れる。

それがお染の信条であった。

冬となり、燗《かん》がついた酒がこたえられない。

竹八がきびきびと立ち働いて、

「どうぞ……」

初めの一杯は注《つ》いでくれる。

「竹八、お前は見る度《たび》に、若返っているねえ。大したもんだ」

栄三郎は、ひとつ軽口を言うと、

「勘太、何かおもしれえ話をしてくれるのかい？」

勘太に頬笑《ほほえ》んだ。

笑っていても込み入った話かどうかはすぐにわかる。

「ゆっくりしていっておくんなさいな」

竹八はすぐに板場へと下がった。

「ここは好《い》い店でございますねえ」

勘太はつくづくと言って盃《さかずき》を干《ほ》すと、栄三郎の盃にちろりの酒を注ぎながら、

「それが、おもしれえどころの話じゃあねえんで……」

大きな溜息《ためいき》をついた。

「そいつはますます楽しみだ。まずじっくりと聞かしてもらおう」

「へい。それが、あっしに息子がいるかもしれねえんで……」

「何だと……」

栄三郎は目を丸くして、

「覚えはあるのかい？」

と、声を潜《ひそ》めた。

「あると言えばあるし、ねえと言えばねえ……。わかるでしょう」

「ああ、男は皆そういうものだな」

栄三郎は苦笑した。

去年の夏の頃であっただろうか。おえいという娘に〝お父《と》っさん〟と呼ばれて、我が子かもしれないと真剣に思い込んだ栄三郎であった。

「で、その息子はどこにいるんだ？」

「そいつがわからねえんで困っているんでさあ」

勘太は、また大きな溜息をついた。

「わからねえで困っている？　何だそれは」

「千三の奴が頼りねえからいけねえんで……」

三

昨日のことであった。

旅の男が田辺屋で緋鹿《ひか》の子《こ》を買い求めて、店を出た折、軒先《のきさき》の床几《しょうぎ》に腰を掛《か》けて、辺りの様子を見ていた千三に、

「こちらはやはり、大したお店《たな》でございますねえ」

と、声をかけた。

千三が田辺屋の印半纏《しるしばんてん》を着ていたからであるが、実はこの時、千三は不覚にも睡魔《すいま》に襲われて、居眠りをしていた。

それがいきなり声をかけられたので、頭がすっきりとしないまま、

「ああ、旅のお方ですかい。へい、江戸でも指折りでございますよ」

適当に話を合わせて、やり過ごそうとした。

ところが、旅の男は人懐《なつ》こくて話し好きのようで、千三の横に腰を下ろすと、

「品川《しながわ》を過ぎた辺りで、面目《めんもく》ない話ですが、癪《しやく》に襲われましてね」

四方山《よもやま》話を始めたものだ。

「左様《さよう》で……」

千三は適当に相槌《あいづち》を打つ。

「世の中は捨てたもんじゃあございませんね。まだ十五になるやならずの若いお人が助けてくれましてね……」

若者は、男を木陰に連れていって介抱《かいほう》してくれた。見た様子では、職人の見習いのようで、

「これから兄ィ達に遊びに連れていってもらうんでさあ」

と、言う。

男は、無理矢理《むりやり》に心付けを若者の手に握らせると、

「お前さんみたいな若い人を見ると嬉しくなってきますよ。親父《おやじ》さんは、さぞ喜んでいなさるでしょうねえ」

しみじみと言った。すると、

「生憎《あいにく》あっしは、親父の顔を知らねえんですよ。何でも田辺屋という呉服店に、弟二人と奉公しているそうなんですがね……。ああ、こいつはくだらねえことを話しちまいました。ごめんくださいまし」

若者はそんな話をして、にこやかに立ち去ったそうな。

「それでまあ、この田辺屋さんで、何か土産《みやげ》を買って帰ろうと、この緋鹿の子を。今度来る時は、帯のひとつも買えるように精を出しますよ」

旅の男は、千三にそう告げると、足早に立ち去った。

「そいつはよろしゅうございましたねえ……」

寝惚《ねぼ》けていて、よく回らぬ頭で相槌を打っていた千三であったが、

「なるほど、その若い衆の親父が弟二人とこの店で奉公をねえ……」

旅の男の言葉を思い返して、はっと目が覚めた。

それは正しく自分達のことで、その若い衆の父親というのは長兄の勘太ではないのか。

千三は、慌《あわ》てて旅の男の姿を求めたが、男はもうどこにもいなかった――。


「なるほど、どう考えても、その若い衆の親父というのは、勘太、お前だな」

話を聞いて、栄三郎は首を捻った。

「そうでござんしょう。旅の男も言葉足らずでさあ。そうならそうとあっしを見つけて、もう少しでいいから、詳しいところを話してもらいたかった」

「そうだな。だが、色々と事情があるに違いない。下手《へた》に関わっちまえば面倒なことになるのではないか、旅の男はそのように考え直したのではないかな」

「う～む、先生の仰《おつしや》る通りだ。それに、千三の野郎がもう少ししっかりと話を聞いていれば話も違っておりやした」

「まあ、叱ってやるな。千三もまさか旅の男がそんな話をするとは思いもよらな

かったのであろうよ」

「そいつは確かに……」

「だが、その若いのが、旅の男にそんな話をしたところを見ると、もしかして旅の男を通して、お前に伝わると思ったのかもしれねえな」

「そんなら、手前《てめえ》が何者かくれえ、話しておけばいいじゃあねえですか」

「まだ十五になるやならずだろ。それもまた恐《こわ》かったんじゃあねえだろうか」

「そうなんですかねえ」

「下手に話せば、お袋に叱られるかもしれねえじゃあねえか」

「若えの母親が達者にしているなら、そんなことも考えられますね……」

「と、なるとそのお袋が気になるな」

「へい……」

若者が、勘太の息子であるならば、母親はかつて勘太が馴染《なじ》んだ女となる。

勘太と別れた後、子を孕《はら》んでいることに気付き、そっと産んだ——。

であるはずだ。

しかし、そんな状況が考えられるであろうか。

勘太に、子が出来たと告げなかったのは何ゆえか。

栄三郎と勘太は、渋い表情でしばし酒を飲んだ。

薄味の出汁《だし》で煮た大根と油揚げ、餡《あん》かけ豆腐《どうふ》はやたらと美味《うま》かったが、味わう舌は言葉を探していた。やがて栄三郎が頰笑んで、

「勘太……」

「へい……」

「うだうだ言っていても仕方がねえや。お前もし自分に息子がいたら、会ってみてえかい？」

「へい。会ってみとうございます」

勘太の応えに迷いはなかった。

「よし、そんなら捜そう」

「いや、先生のお手を煩《わずら》わしちゃあ、申し訳ござんせん」

「気にするな。近頃、お前がしけた面《つら》ァしているから、ちょいと景気を付けてやってくれと、田辺屋の大旦那から、お咲を通して銭《ぜに》をもらっているのさ。こっちは仕事と思ってかかろうよ」

「大旦那が、あっしを気遣ってそんなことを……。嬉しゅうございます」

勘太は、面目ないと恐縮したが、

「お前がしけた面をしていると聞いて、おれはちょいと安心したよ。いつも馬鹿みてえにへらへらしているのも考えもんだからな。人ってえのは、何か悩みごとのひとつも抱えていねえと、重みがねえってもんだぜ」

栄三郎はそう言って窘《たしな》めた。

「そう言っていただくと、やる気が出るってもんだ」

勘太は、姿勢を正した。

「乙次と千三も、何かあれば助《す》けてくれると言っておりやしたが」

「あの二人はいいだろう。祈ってくれさえすれば何もいらねえよ」

「そうですね。かえって足手まといになりますね」

勘太は神妙《しんみよう》に頷いた。

「おれと又平で十分手が足りるさ。まず十五年ほど前に、わけありだった女の名を書き出してみるんだな」

「畏《かしこ》まりました」

「思いついただけで何人いる」

「え~……」

勘太がやたらと指で数えるので、

「見栄《みえ》を張るんじゃあねえや、馬鹿野郎……」

栄三郎がからかうと、

「三人ってとこでやすね」

勘太は頭を掻《か》いた。

「三人か。なかなかやるじゃあねえか」

栄三郎はニヤリと笑った。

「同じ頃に三人となりゃあ、こいつは大したもんだ。ようよう、この色事師！」

「声が高《たけ》えですよう」

勘太は顔を真っ赤にした。

いかつい強面《こわもて》の勘太が見せる男のかわいさが、何事かと小上がりに注目する客達の心を和《なご》ませる。

栄三郎と勘太は、顔を見合って、くすくすと笑った。

若い頃の浮ついた話をしていると、不思議なものである、このところ気分が晴れなかった勘太の心と体に活気が溢《あふ》れてきた。

「とりあえず、その三人に会いにいこうじゃあねえか」

栄三郎の力強い言葉に、勘太は恐る恐る頷いた。

四

さらに三日が経ち――。

この日は薩摩絣《さつまがすり》に身を包んだ勘太の姿が、深川にあった。

勘太はいささか渋ったが、もしや勘太に子がいるかもしれないという話は、栄三郎を通じて田辺屋宗右衛門に伝わった。

宗右衛門に、〝こんにゃく三兄弟〟の身が立つようにしてやってくれないかと持ちかけたのは、そもそも栄三郎であったから、彼は今でも請人《うけにん》のつもりでいる。

「そういうことなら、勘太の気がすむようにさせてやりましょう」

宗右衛門は、どのような成りゆきになるか興味津々《しんしん》といったところだが、それを顔に出さずに、自分の使いで遠くへやった体《てい》にして勘太を栄三郎に預けたのである。

今は田辺屋の主《あるじ》として店を取り仕切る、宗右衛門の息子の松太郎にも、

「わたしの方から、上手《うま》く言っておきましょう」

宗右衛門は、さらりと応えてくれた。

勘太は感涙し、そっと宗右衛門の許《もと》に出向いて、

「大旦那様、ご恩は死んでも忘れません」

と、頭を下げたものだ。

「お前も、それだけ田辺屋で大事にされているってことだな」

栄三郎は、勘太の肩をぽんと叩《たた》いて、又平と共にかつて勘太と馴染んだという女達の今を探った。

表向きは遠くに使いに出ていることになっている勘太である。

この間は、古巣のこんにゃく島の盛り場にある居酒屋〝こんにゃく〟に寄宿することになった。

この店の主は四郎吉《しろきち》といって、勘太の弟分である。

勘太を通じて栄三郎とも顔見知りとなり、三兄弟の影響を受け、栄三郎にぞっこん惚れ込んでいる。

「兄ィ、旦那、そろそろあっしが、命をかける時がきましたかい」

こういう馬鹿なところも、三兄弟に劣らない。

「お前の命なんかいらねえや。ちょっとの間、おれを泊めてくれりゃあいいんだ

よ」

三十五になり、少しは分別と貫禄《かんろく》もついてきた勘太は、やれやれといった表情を浮かべて四郎吉を窘めると、ここを根城に動き出したのである。

まず初めに目指すは、木場《きば》近くの三好町《みよし》。

ここに、まだ二十歳になる前に、好い仲になったお房《ふさ》という女がいるのだ。

日本橋《にほんばし》の魚河岸で生まれた勘太は、親の手伝いもほどほどに、辺りをうろついてばかりいたが、伊勢《いせ》町で棉摘《わたつ》みをしていたお房の姿にいつも足が止まった。

別段、美人というわけではないが、快活で大らかな気性が、ふくよかな顔に色濃く出ていて、引きつけられるものがあったのだ。

何かというと棉摘みをしているところを覗《のぞ》き込んで、前の道で踊ってみせたりして、お房の気を引いた勘太を、

「馬鹿だねえ。本物の馬鹿だよ」

お房はいつも笑いとばしてくれた。

心底馬鹿にする娘もいる中で、そんな風に応えてくれるお房が、勘太はますます気に入った。

塗り桶《おけ》で棉を延ばし、着物に入れる棉などを拵《こしら》えるのがお房の仕事であった。

娘の内職として、棉摘みをさせる家が、その頃は方々で見られた。中には、人の目を引かせて、内職の娘に売色をさせるところもあった。勘太の親は、

「棉摘みの娘に現《うつつ》を抜かしやがって」

頭ごなしに勘太を叱ったので、若い勘太は余計に反発して、何とかお房をものにしてやろうと通ったものだ。

そのうちに、お房をそっと外へ連れ出し、いつしか好い仲となった。

――この女となら一緒になってもいい。

勘太は一時、真剣にそう思っていたのだ。

結局、結ばれることはなかったわけだが、心当りの女を思うと、まず初めにお房が浮かんできたのは、それだけ心の内に強く残っていたからであろう。

身許がわかっているだけに、秋月栄三郎、又平の二人にかかれば、あっという間に近況は知れた。

お房は、深川三好町で沖太郎《おきたろう》という船大工と所帯を持ったという。

「詳しいことはわからねえが、沖太郎は何年か前に死んじまったそうだぜ」

と、栄三郎は教えてくれた。

「おい、どうする？　お房には倅《せがれ》が一人いるみてえだぞ」

栄三郎は、そうも言った。

勘太の胸は締《し》めつけられるように痛んだが、

「後は、お前が、訪ねてみるんだな」

と、突き放された。

こうもすぐにお房の居所が摑《つか》めるなら、もっと前に様子を窺《うかが》えばよかった。

そんな想《おも》いが頭を過る。

――いや、様子を窺ったからどうなるものでもねえ。つい五、六年前までは、やくざな暮らしを送っていたんだからな。

しかし、息子がいるとなると、胸の煙は立ち上がる。

沖太郎とかいう船大工との間の子供だとは思う。

だが、子を孕んでいると知りつつ、

「その子も一緒におれが面倒を見てえ」

などと言って一緒になるやさしい男もいるかもしれない。

その亭主も死んだそうな。

何年か経ち、息子も大人になり、お房は本当のことを打ち明けた。息子は自分の父親が沖太郎でないことに戸惑いを覚えるが、今どうしているか知りたくもなる。

そうして、勘太という男が田辺屋で奉公しているところまでは突き止めたものの、今さら会うのもためらわれて、ふっと旅の男に顔も知らない父親の話をしてしまった。

もう会うこともないであろう、旅の男ゆえの気楽さがそうさせたのかもしれない。

――へへへ、おれもちったあ物事を考えられるようになったじゃあねえか。満更《まんざら》馬鹿でもねえぜ。

自問自答を繰り返しつつ、勘太は木場へ出た。

いつもながら、この辺りを歩くと、幾重《いくえ》にも連なる運河と木置場、材木商達の豪壮な邸宅に圧倒させられる。

こんな風景を眺《なが》めながらお房はここでつましくも穏《おだ》やかな暮らしを送っていたのだろうか。

三好町は木置場と堀《ほり》に挟《はさ》まれるように、東西に広がる細長い町である。

いかにも船大工が住んでいそうだ。

その西端にある裏店《うらだな》が、お房の住まいだという。

勘太は、落ち着かぬまま、木戸門を潜った。

手には更紗《さらさ》の浴衣地《ゆかた》。これは宗右衛門が、

「久しく会う人の前に出るのなら、身形《みなり》はきちんとしなさい。それから土産はうちの浴衣地でも持ってお行き。あまり好い物を持っていくと、何か下心があるのかと怪《あや》しまれるかもしれない。さりとて、それなりの物を手にしていかねば、田辺屋が馬鹿にされますからねえ」

と、持たせてくれた物だ。

改めて、人の情けが身に沁《し》みる。

「ちょいとお伺《うかが》いいたします……」

勘太は木戸の傍《そば》の床几に、ちょこんと腰をかけている老婆に訊ねた。

「お房さんのお住まいは、どちらでございましょう。あっしは勘太と申しまして、お房さんの親御さんに世話になった者でございます」

「それはそれは、ご苦労さんですねえ。お房さんの家は突き当りから二軒目ですよ」

「ありがとうございます……」

逸《はや》る心を抑えて、勘太はゆっくりと歩みを進めた。

裏店ではあるが、なかなかにこざっぱりとした造りで、部屋数も平屋ながら三間ほどありそうな構えである。

平穏な暮らしが窺われて、勘太の心を和ませた。

出入りの腰高障子《こしだかしょうじ》は細く開いていた。

中を窺うと、お房の姿がそこにあった。

歳《とし》は勘太より、一つか二つくらい下であったはずだから、もうとっくに三十を過ぎているであろうが、勘太にはあの頃の勢いがよくて華《はな》やかなお房そのままに映った。

しかも、お房は棉を摘んでいた。亭主に死に別れてからは内職にしているのだろう。

勘太はすぐに声をかけられなかった。懐かしさと切《せつ》なさが胸の煙を大いに立たせて、言葉が出なくなったのだ。

それでも、ぐずぐずはしていられない。目に浮かび始めた涙をそっと拭《ぬぐ》うと、

「ごめんくださいまし……」

と、案内を請《こ》うた。

「はい、何でございましょう……」

戸の方に顔を向けたお房の顔が、きょとんとして固まった。

「お前さんは……」

「勘太だよ……。お前も変わらねえな」

勘太は懸命《けんめい》に笑顔を取り繕ったが、やはりぎこちなかった。

「お前さんは変わったねえ」

お房は笑顔を見せた。こんな時は女の方が冷静でいられるようだ。

「いけねえかい？」

「いや、立派になったってことさ」

「嬉しいことを言ってくれるねえ。立派に見えるとしたら、色んな人がおれに情けをかけてくれたお蔭《かげ》さ」

勘太は、両手を広げてみせると、

「お前がここにいると、風の便りに聞きつけたのさ。こいつは昔のお詫《わ》びだ」

件《くだん》の浴衣地の反物《たんもの》をお房に差し出した。

なるほど、手土産があれば、傍に寄るきっかけが、摑み易《やす》いというものだ。

傍で見るお房は、若い頃よりほっそりとしたが、顔にも表情にも張りがあった。

　驚いたように受け取ると、

「やっぱり変わっちまったよ。言うことも、することも立派過ぎるよ」

　少し顔をしかめて、しげしげと反物を眺めた。

「とにかく上がっておくんなさいな」

　お房は仕事場の向こうの一間《ひとま》をてきぱきと片付けると、

「生憎、お酒は置いていないんですよ。ひとっ走りしてきましょうか」

　そう言いながら勘太を請《しよう》じ入れた。

「いや、それには及ばねえよ。まったく、のこのこと何をしにきやがったってところさ。すぐに帰るよ……」

「ゆっくりしていっておくれよ。といっても勘さんも忙しそうだ。婆ァ《ばば》の相手をしていられないだろうねえ」

「婆ァなんて思ってねえよ。言っただろ、お前も変わっちゃあいねえなって……」

　勘太は、言葉を交わすうち、次第に気持ちが落ち着いてきた。

五

それから、お房が淹《い》れてくれた茶を啜《すす》りながら、勘太はごく手短かに、田辺屋に奉公するようになった今までの流れをお房に伝えた。

「いつも一緒だった、弟の乙さんと千さんも……。それはようござんしたねえ」

お房は、我がことのように喜んでくれた。

さらに、お房の今の事情も、一通り聞き及んでいると言うと、

「そんなら気が楽だ。どこからどうして、あたしの噂《うわさ》が伝わったかはどうだっていいけど、お蔭で好い浴衣地が転がり込んでくれたよ」

ほっとしたように何度も頷いた。

会話は、近頃見聞きした珍しい話のやり取りに移った。

昔話をするには、まだ再会の時が短か過ぎた。

そして、交わす言葉が心地《ここち》よいだけに、勘太はなかなかお房の息子についての話が切り出せないでいた。

もしも、お房の子が勘太の子であったとすれば、お房はそのことについて、こ

こで打ち明けようとするであろうか。その上で、
「息子には、お前さんが父親であるとは伝えたけど、今はまだ知らぬ振りをして
おくんなさい。その時がきたら、あたしから勘さんに言いに行きますから……」
などと言うのだろうか。
いずれにせよ、かつてのお房らしく明るい表情を絶やさぬものの、心の内で
は、
――どう切り出していいのやら。
と、気が気でないのかもしれない。
とにかく手前の方から水を向けるべきだ――。
勘太は思い決めて、
「やはり何だねえ。おれとお前が一緒になれなかったのは、おれが調子に乗って
暴れ回っていたからなんだろうねえ」
いよいよ昔話に踏み込んだ。
お房は、顔色を変えず、
「そうですよう。勘さんときたら、あたしがこうして棉摘みをしているのを覗き
に来て、外で踊ったりして気を引いたりしたくせに、男伊達《だて》を気取って、まるで

あたしを置いてけぼりにしたんだから」

と、詰《なじ》るように言った。

「そうさなあ。喧嘩《けんか》といえば、恰好をつけてすっとんで行ったし、悪い仲間といつもつるんで遊びに出かけていたからなあ」

喧嘩や博奕《ばくち》で都合が悪くなると、勘太は姿を消したものだ。

そんなことが何度か続いた後、帰ってみれば、お房の姿は消えていた。

親に連れられて深川に移ったのだ。

お房は決して蓮《はす》っ葉《ぱ》な女ではなかった。

ただ、何事にも物怯《ものお》じせず、陽気な気性ゆえに、やくざな男から好かれただけなのだ。

しかし、日本橋の魚河岸にほど近いところにいると、自《おの》ずと勇み肌の男が寄ってくる。

それはどこに行ったとて同じかもしれないが、一度まったく違うところに行けば、お房にまとわりつく人の流れも変わると思ったのであろう。

その見方は的《まと》を射《い》ていた。

いなくなったお房に、若かった勘太は、

「何だあの女《あま》……」

女はいくらでもいるんだと腹を立てて、見向きもしなくなった。

「だがよう。それもこれも恰好をつけていただけで、本当のところは、お前を捜し出して目の前で踊ってみせて、よりを戻してえと思ったものさ」

今の勘太の物言いには真実がある。お房は心を揺らされて、

「それならそうと、はっきり言ってくれたらよかったのさ」

しっとりとした口調で言った。

勘太はここぞと、

「倅がいるんだって？」

と、訊ねた。

「ああ、一人いてねえ。浜太郎《はまたろう》というんだよ。もうすぐ戻ってくると思うから、会っていってやっておくれな」

お房は、じっと勘太を見つめた。

もしやもしやと、勘太の胸は熱くなった。

「おれみてえのが、会っちゃあ迷惑だろうよ」

「そんなことはないよ。だんだんと、女親では手に負えなくなってきて困るよ」

勘太は、間が持てずに煙管《キセル》で煙草《たばこ》をくゆらせた。

「そうかい……」

ぽんと、灰を落した時、

「おっ母《か》さん、帰ったよ！」

勘太の背後で、声がした。

振り返った勘太は、しばし沈黙して、その声の主の姿を、しげしげと眺めた。

「お前が浜太郎かい？」

「そうだよ、小父《おじ》さんは？」

応える浜太郎は、まだ十《とお》を過ぎたくらいの子供であった。

「小父さんは、お前のおっ母さんの昔馴染さ。十五年ぶりくらいに会えたのさ」

果して、噂の十五になるやならずの若者は浜太郎ではなかった。

「これから、ちょくちょく来てくれるかい？」

浜太郎は、手習いからの帰りのようで、一目で勘太を気に入ったのか、人懐っこい目を向けてきた。

「さて、そいつはわからねえなあ……」

「また来ておくれよ」

「うん……、わかったよ。そんなら、今日はこれで帰るよ」

今度はお房が、

「もっとゆっくりしていってくれたらいいのに……」

名残惜《なごりお》しそうにしたが、

「いやいや、昔を詫びりゃあ用はすんだ。また近くまで来ることがあったら顔を出すよ」

「そうかい、きっとそうしておくれ」

「ああ、そうするよ。浜太郎、お前は好い男だ。おっ母さんを楽にしておあげ」

「うん。おいら、年が明けたら船大工の見習いに出るんだよ」

「そいつは大したもんだ。早く手間取りになって、おっ母さんを、な」

「わかっているさ」

浜太郎は胸を叩いた。

お房は、込み上げるものを覚えて、

「勘さん、お前さん、ほんに立派になったねえ。あたしは、嬉しいような、辛《つら》いような……」

息子の前で女を見せまいとしつつ、声を詰まらせた。死んだ亭主への想いもあるのだ。

勘太はいたたまれなくなり、

「おいおい、おれはそんなに立派になってねえよう。馬鹿の〝こんにゃく三兄弟〟の天辺《てっぺん》だと、皆に笑われっ放しさ。ははは、浜太郎、踊りを教えてやろう。こいつを覚えておけば女にもてること間違いなしだ！」

わざとおどけて、かつてお房の気を引こうと思って踊った住吉《すみよし》踊りを、滑稽《こっけい》に踊ってみせた。

「こいつはいいや！」

浜太郎は、おもしろい小父さんだと、大喜びして真似てみた。お房に似て、この子も陽気なことこの上ない。

「どうだ、おもしれえだろ」

剽《ひょう》げる勘太の目の奥は泣いていた。

どうやら、次の女を訪ねねばならないようである――。

六

「そうかい。お房ってえのは好い女だな。話を聞いているだけで、おれも会ってみたくなるぜ」

「へい、大きな魚を逃がしちまいましたよ」

「もう一度釣ってみたらどうだい？」

「へへへ、ご冗談を」

「今さらってところか」

「お房のことは、浜太郎に任せておけばようございますよ」

「まあ、先は長《なげ》えや。時々会いに行ってやりな」

「時々ねえ……」

　お房の家で住吉踊りを踊った勘太は、翌日の夜、根城の〝こんにゃく〟で秋月栄三郎と一杯やっていた。

　切なさに襲われたとはいえ、お房と会った夜は、誰に対してもやさしい気持ちになれた。

栄三郎に、お房訪問の顚末《てんまつ》を報告する間は、気分は晴れやかであった。

「で、今日の昼はどうだったんだい？」

しかし、今日訪ねた一人の女の話になると、それがたちまち曇ってしまう。

「それが、お房とは大違《おおちが》えで、まったく頭にきましたよ」

「そのようだな。さっきお前の顔を見た時にそう思ったよ」

「先生が今宵《こよい》、会いに来てくださって、ありがたかったのなんの……」

一転して荒《すさ》んだ表情となった勘太を見て、

「じっくり聞いてやるから、吐き出しちまいな。気が楽になるだろうからよう」

栄三郎は、励《はげ》ますように言った。


この日。勘太は昨日に引き続き、かつてわけありであった二人目の女を訪ねていた。

その女はおとくといって、かつては神田柳原《かんだやなぎわら》に床店《とこみせ》を出していた、古着屋の娘であった。

親の手伝いをして、床店で働いていたのだが、これがなかなかの不良娘であった。

切り前髪に洗い髪。男物の羽織を肩にすべらせるように着て店先に出た。親に窘められると、

「これで客を引いているのさ」

などとうそぶいていた。

実際、おとくが珍しくて、古着を買いに来る者も多く、

「兄さん、そんな野暮《やぼ》ったい形《なり》をしていちゃあいけないねえ。どれ、あたしが見立ててあげるよ……」

などと言われてその気になり、古着屋の常連になる者も多かったのだ。

そもそもが不良娘を気取っているのである。

勇み肌の男伊達を気取る男に言い寄られるのを待っていた。

しかし、古着屋でのやり取りがおもしろくて近寄る男はいても、わざわざ危なそうな女と情を交わそうとする男も少なかった。

「あんな女もおもしれえじゃあねえか」

それで、お調子者の勘太が、恐いもの見たさに近付くと、いつも弟二人を従《したが》える勘太を一端《いっぱし》のお兄《あに》ィさんと思ったのだろうか、おとくはすぐに勘太になびいたものだ。

その頃は、お房とも好い仲になっていたというのに、

「本当に、本当に馬鹿でございました……」

勘太は後になって大いに悔《く》やんだというが、若気の至りはどうしようもなく、

「おとくは、見かけによらねえ甘口な女だぜ」

古着屋の名物娘と浮名を流すことをおもしろがっていた。

そしてこの女もまた、勘太が少しばかりほとぼりを冷ましに姿を消した間に、行方知れずとなっていた。

「これですっきりしたぜ」

勘太は、恰好をつけるわけではなく、その時は心底そう思っていた。

ただの馬鹿娘なのに気位が高く、何かと口うるさいおとくに疲れていたのだ。

――やはりおれには、お房が合っている。

その想いが強くなったのも確かであった。

結局は、女二人に逃げられてしまったのだが、おとくとつるんでいた一時は、それはそれで思い出深いものであったし、おとくが、自分の子を宿していたと考えられなくもない。

そして、秋月栄三郎と又平は、こちらもたちどころに調べてくれた。

思いもかけず、おとくはきっちりとしたところに嫁いでいた。

しかも、神田須田《すだ》町の〝丸吉《まるよし》〟という縫箔《ぬいはく》屋で、なかなかに構えが大きな店であるという。

亭主はここの二代目で、自《みずか》らは職人として仕事場に詰め、おとくが店を切り盛りしているらしい。

亭主が仕事場に詰めているというのは、おとくを訪ねるに好都合であった。

おとくに迷惑がかからないようにしよう。子供がいるかどうかは、店の様子を窺えばすぐにわかるだろうが、どこかで産んだ後に、子供を手放して縫箔屋に嫁いだのかもしれない。

そこのところは、会った時の様子で見極めるしかなかろう。

勘太は心を落ち着けて、〝丸吉〟へ出かけた。

噂に違《たが》わぬ店の構えであった。

職人達の仕事が終らぬ間、昼下がりに訪ねればよかろうと思って来てみたが、今は店先も静かであった。

勘太は、堂々たる足取りで店先へと入った。勘太とて身形もきちんとしていて、男盛りである。

番頭《ばんとう》らしき男が、

「これはこれは、何かご用でございましょうか」

と、揉み手でやって来た。

縫箔は、刺繡《ししゆう》のことを指す。力仕事とはいえ呉服店に奉公している勘太は、それなりに値打ちがわかっている。

置いてある物を見ると、ここはなかなかしっかりとした仕事をしていると感心させられた。

「いえ、前を通りかかりましてね。立派な仕事をなさっていると、つい覗き見てしまった次第で……」

勘太は如才《じよさい》なく応えた。

この文言は、栄三郎に教えられていた。

番頭は喜んで、

「左様でございますか。何かの折にはお役に立ちとうございます」

丁寧《ていねい》に応対すると、帳場を見た。

振りの客を摑まえるよう、店の内儀《ないぎ》に言われているのであろうか。

すると、店先でのやり取りを聞きつけたのであろう。

「よく覗いてやってくださいました……」

愛想よく店の内儀が出て来た。

おとくであった。

不良娘の頃の妖《あや》しい色香は、まったく見られなかったが、時折《ときおり》は啖呵《たんか》を切ってみせた、利かぬ気が、やや高慢さが見え隠れする、縫箔屋の内儀の貫禄に昇華していた。

内儀が出ると、すっと番頭が引いた。

不良娘であったが、おとくは古着屋をなかなかに繁盛させていた。その時の経験に工夫を加えた接客を売りにしているようだ。

「主人は生まれながらの職人でございまして、お客様とは、わたくしがお話しさせていただいているのでございます……」

流暢《りゅうちょう》に喋《しゃべ》るおとくは、こんなところで亭主の信頼を得ているのであろう。そして、

「どんなことでも、お申し付けくださいまし……」

ここまで喋って、おとくは客が勘太であることに気がついた。

「おや、お前は……、勘さんかい……」

おとくはいきなり声を潜めた。

「そういうお前も、見違えたじゃあないか」

勘太は、努めて穏やかに物を言った。

「ちょいと見てやってくださいまし……」

おとくは周囲の手前を取り繕って、客を案内するように、店の表に出て、縫箔の見本が並んでいる棚《たな》の前へと勘太を誘った。

その途端《とたん》、

「何をしに来たんだい」

打って変わって素っけなく言った。

「いや、通りすがりさ。お前が縫箔屋のお内儀に納まっていると風の便りに聞いていたから、縫箔屋の前を通ると、つい懐かしくて覗いてしまう癖《くせ》がついたのさ」

これも栄三郎から教えられた台詞《せりふ》であった。

「そんな癖は、よしにしてもらいたいねえ。お前に懐かしがられる筋合はないさ」

おとくは、詰るように言った。

「そう言われると面目ねえが、おれは何も昔の話を持ち出して、お前を強請《ゆすり》に来たわけじゃあねえよ」

「そんなら何なんだい」

「もし、お前に会うことがあったら、あの頃は色々と嫌な想いをさせていたかもしれねえ、そいつを一言詫びておきてえと……」

「詫びるつもりがあるなら、もう二度とわたしの前に顔を出さないでもらいたいねえ」

おとくの目は吊《つ》り上がっていた。

勘太は、情けなくなってきたが、詫びると言っておいて怒るわけにもいかない。

「そうかい、よくわかった。もう二度とこねえよ。ひとつだけ訊いてもいいかい？」

「何だい？」

「あれから子に恵まれたかい」

「ふん、余計なお世話だよ」

「まあそう言うなよ。それだけお前を気にしていたってことさ」

「どうせ知れることだから言ってあげるよ。娘を一人授かったよ。娘でよかったよ。好い女に育てて、頭の好い婿《むこ》を取ったら、うちは万万歳《ばんばんざい》だからねえ」

「その娘の縁談に傷がつくから、おれみてえな男には、うろうろされたくねえってわけかい」

「ちっとは頭がよくなったじゃあないか。そういうことさ」

「ふふふ、娘が一人か、そいつはよかったな。おれも今じゃあ、まともな暮らしを送っているのさ。こいつは、おれが奉公しているお店で扱っている浴衣地だ。その娘にあげてくんな。心配するな。もう二度とお前の前には面ァ出さねえからよう」

勘太はそう言い置くと、棚の上に反物を置いて、さっさと歩き出した。

すると、すぐに勘太を、一人の男が追いかけてきて、

「おう、待ちな。こんなものは持って帰りな。おかみさんが迷惑だとよう」

勘太に投げつけるようにして件の反物を返した。

男は、〝丸吉〟に出入りしている鳶《とび》の者のようだ。何か揉め事があった時のためにと、日頃から店で飼っているのであろう。

通りすがりにおとくの顔色を読んで、

「あの野郎、何か因縁をつけに来たようで。あっしがきっちりと釘《くぎ》を刺しておきますよ」

小遣い稼ぎにしようと、しゃしゃり出てきたのだろう。

「お前、おかみさんと昔馴染を気取っているならよしにしろい。誰もお前なんて相手にしねえや。今度この辺りで見かけたら、叩き出すからそう思いな」

勘太に凄《すご》んで去っていった。

叩きのめしてやろうかと思った。はったりだけの昔とは違う。気楽《きらく》流剣客《けんかく》・秋月栄三郎から手ほどきを受けているのだ。こんな調子に乗った野郎の一人や二人、恐くない。

だが、勘太は怒る気にもなれなかった。

それもこれも自分の蒔《ま》いた種《たね》なのだ。

ぐっと堪えてそのまま帰ってきたのである。

「いけすかねえ女だねえ……」

栄三郎は、真っ赤な顔をして唸《うな》った。

「何だそのおとくって女は。昔はさんざん悪さをしていたくせに、好い縁談があると知るや、髪も島田《しまだ》に結って、楚々《そそ》とした娘に成りすましやがったのに違《ちげ》えねえや。そりゃあ、亭主のいる身だ。わけありだった男が訪ねてくりゃあ迷惑かもしれねえや。だがな、お前はそっと訪ねて、昔の詫びを言おうとしただけのことだ。もしも、子まで生《な》していたとなれば、尚《なお》さら詫びねえといけねえ。そう思ったんだ。そんな男の真心を、強請《ゆすり》たかり呼ばわりしやがって、あっちがその気なら、こっちも縫箔屋へ乗り込んで、おとくがどんな女だったか、ぶちまけに行ってやろうじゃあねえか！」

勘太の屈託について知ると、我がことのように怒り出したのだ。

「いや、まあ、先生、落ち着いておくんなせえ。あっしは大丈夫でございますから」

これにはかえって勘太が恐縮して、栄三郎を宥《なだ》めにかかった。

「すまぬ。あんまり腹が立つから、つい取り乱しちまったよ」

「何を仰います。あっしのためにそんなに怒ってくれるとは嬉しゅうございます」

「いや、お前は大したもんだ。そこをぐっと堪えて何も言わずに立ち去る。それが本当の男ってもんだな」

栄三郎は、神妙な顔をして頷いた。

「まあ、あんな奴らは放っておけばいいってもんですぜ」

こうなると、勘太の怒りはすっかりと収まってきた。

――栄三先生には敵《かな》わねえや。

少し前の勘太なら、こう言われると好い気になったが、今はわかる。

怒っている相手を慰《なぐさ》めるには、相手以上に怒り狂ってやる――。

それが秋月栄三郎の手口なのだと。

だが、そうと知れても気持ちがよい。

「まず何よりも、おとくには息子はいねえようで、それがわかりゃあ言うことはありませんや」

「そうだな。それが何よりだな。だがこうなると、いよいよ三人目の女が勝負どころだな」

「へい。そのお滝《たき》でございますが、何かわかりましたかい？」

「抜かりはねえさ。だが、今度はちょいと心してかからねえといけねえようだ」

「へい！　こうなったら、地獄に堕《お》ちても白黒はっきりとつけてやりまさあ」

勘太はしっかりと思い入れをした。

先日、女に振られてしょぼくれていた勘太が、見違えるようにたくましくなっていた。

七

その居酒屋は、薄暗い裏路地にあった。

本所入江《いりえ》町には、荒んだ盛り場が随所に見られるが、

「まったく薄気味の悪いところだぜ」

裏手は雑木林。その向こう側は武家屋敷の土塀《どべい》、そんな路地にぽつりと一軒建っているのがこの居酒屋なのだ。

人気《ひとけ》がないかというとそうではない。

居酒屋からは、男達のだみ声と、女の甲高《かんだか》い声が漏《も》れ聞こえる。

さらに、路地には人相風体の悪い男達が、そこかしこにいる。酒徳利《さかどつくり》を手に水桶《みずおけ》に腰かけ、大騒ぎしていたり、夜鷹《よたか》を連れてきて膝《ひざ》の上に乗せて下衆な遊びをしている者までいる。

居酒屋を中心に、路地全体が悪所になっているという有りさまだ。

この居酒屋にお滝がいるという。

お滝とは、お房、おとくに次々と去られ、

「ふん、やくざ渡世に女などいらねえや」

空元気《からげんき》で威勢を放っていた頃に知り合った。

当時は、浜町《はまちょう》の居酒屋で女中をしていて、勘太は常連であったのだ。

女中といっても、酌婦《しゃくふ》のようなもので、ちょっと心付けを弾《はず》めば好きに出来た。

それでも、お滝とて誰にでも身を任すわけではない。

「あたしは、勘さんだけだよ……」

そう囁《ささや》いて、情婦《いろ》を気取ったのだ。

不良娘であったおとくは、何かというと吠《ほ》えてばかりいたが、そこは古着屋の娘で親頼みに生きてこられた。

だが、お滝は筋が違う。

博奕打ちで賭場《どば》の揉め事で命を落した父親と、女郎あがりで女衒《ぜげん》に手を染めた母親の間に生まれた子で、やくざな日常を過ごしてきたので性根が据《す》わっている。

はっきりとした目鼻立ちをしていて、嗄《しやが》れた声が玄人《くろうと》女の魅力を発散していて、

——この女と、とことん堕ちていくってえのも乙《おつ》なもんだな。

勘太はというと、これも今思えば馬鹿な話だが、とにかくやくざな道に足を突っ込んだ若造が、恰好ばかりをつけて、そんな想いに浸っていたのであった。

——だが、お滝は、おれなんぞ相手にしていなかったんだろうな。

勘太は今となってそう思う。

歳は確か、お滝の方が二つばかり上であったはずだ。

勘太が、日本橋界隈《かいわい》で揉め事に巻き込まれ、ほとぼりを冷まして、再び舞い戻ってきた時。彼は、女二人に逃げられて傷心であった。

それを一時忘れさせてくれる心地よさを、お滝は持っていた。

大きな目には凄み、口許には哀感が漂い、歯切れのよい言葉が次々に出た。

こんな女の情夫でいる自分が恰好よく思えたのだ。

しかし、お滝とて、どこか頼りなく、それでいて悪ぶっている勘太がかわいくて、一時の気まぐれで寄り添ったのであろう。

ある日、

〝たのしかった〟

とだけ書いた結び文《ぶみ》を置いて、姿を消してしまったのだ。

それなりに名の知られた女である。

姿を消したとて、方々で訊ねれば居所くらいは知れたであろうが、勘太は何もせずに放っておいた。

〝たのしかった〟のならば、それでよかったのだ。これからも楽しもうなどと追いかけるのは、子供のすることだと思われた。

お滝によって、勘太は少しばかり大人になったのだ。

縄暖簾《なわのれん》を潜って店の中へ入ると、男の熱気と、女の白粉《おしろい》の匂《にお》いが迫ってきた。

荒くれ男達が店のそこかしこに陣取り、店の酌婦がそれぞれの席に侍《はべ》っている。

客の男達は、この店には不似合な、着物と羽織をきちんと身につけた勘太に、珍しそうな視線を一瞬送ったが、ただの物好きだろうと、すぐに酌婦と馬鹿話を始めた。

それでも、少しは羽振りの好い客なのではないかと、若い酌婦が寄ってきて、

「お客さんは、お一人かい？」

「いや、もうすぐ武家の旦那が見えるはずなんだが……」

こんな店のことだ。武士と待ち合わせていると言っておいた方がよいとの方便である。

「とりあえず酒を頼むよ」

勘太は女に小粒《こつぶ》を握らせて、にこやかに言った。

「いけませんよ。あたしを口説《くど》こうとしても……」

女は科《しな》をつくってみせた。

「いきなりそんなことをするほど思い上がっちゃあいねえよ」

勘太は、満更でもないという顔をしている女に笑顔を向けた。

そういえば、このところは、こんなちゃらちゃらとしたやり取りも忘れていた気がする。

──いけねえ、いけねえ。まだ老《ふ》け込む歳じゃああるまいに。

少し楽しくなってきて、

「時に姉さん、ここにお滝って姐《ねえ》さんがいると聞いたような気がするんだが……」

と、少しおどけて訊ねてみた。

「何だい、お滝さんが目当てなのかい？」

女は少し口を尖《とが》らせたが、握らせた小粒が効いている。冷やかすような笑みを浮かべて、

「あんまり近寄らない方が好いと思うけどね」

勘太の耳許で囁いた。

「おいおい、そんなんじゃあねえよう。随分前にちょっとした世話になったのさ。それでまあ、ここにいるならそん時の礼を言いたいと思ってね」

勘太はにこやかに女の肩をぽんと叩いた。

「そんなら、ちょいと待っていておくれ」

女は、入れ込みの奥の長床几の方へと足早に歩いていった。

そこには、どの席にもつかずに酒を飲んでいる女の後ろ姿があった。

耳打ちする女も、どこか気を張っているように見える。

――あれがお滝か。

体つきが一回り大きくなったように見える。

女の言葉に耳を貸す仕草は何とも気《け》だるい。

秋月栄三郎が調べてくれたところでは、浜町の酒場から消えた後、お滝は一

度、町に戻ってきて酌婦をしていたらしい。

ちょうどその頃は、勘太もねぐらをこんにゃく島に移して、地元の顔役の許に出入りしていた。

結構派手に暴れていたから、浜町辺りのことはまったく気にもかけていなかった。

だがお滝は、本所に移った後も、かつていた店には、時折訪ねてきて一杯やりながら、世間話をしていたらしい。

それゆえ、拍子抜《ひょうしぬ》けするほどに、お滝の現況は知れてしまったのだが、誰もがあまりよい顔をしないのは、どうも一緒にいる男がろくでもないやくざ者のようなのだ。

栄三郎が、

「今度はちょいと心してかからねえといけねえようだ」

と言ったのは、ここにあった。

お滝が立ち上がって、勘太の方を見た。

その途端、二人の目が合った。

勘太はにこやかに会釈《えしゃく》をしたが、お滝は無表情のままで、件の酌婦に何度も頷いた。

気に入らない客には酌などしない。気の向いた時だけ動くのがお滝の流儀らしい。

お滝は物憂《ものう》げに、ちろりと盃を盆に載《の》せて、やがて勘太の席に来た。

「あたしがここにいると聞いて来たのかい？」

お滝は開口一番《かいこういちばん》そう言うと、勘太に酒を注いだ。

「ああ、風の便りに聞いたので、立ち寄ってみたくなったのさ」

「ふん、風の便りにねえ」

「おれもいい歳になって考えたのさ。あん時、どうしてお前が、いきなり出ていっちまったのか」

「いい歳になって考えたかい……」

お滝は溜息まじりに言った。

三十半ばを過ぎた女のやつれが、目尻《めじり》や口許、下顎《したあご》に出ているが、酒で洗われた体からは、玄人女の艶《つや》が放たれている。

「あん時のおれは、今思い出してみても恥ずかしくなるようなガキだった。お前は〝たのしかった〟と言ってくれたが、さぞかし迷惑ばかりをかけていたんだろ

のさ」

「詫びを言いに来た？　出ていったのはあたしの方だよ。どうしてお前が詫びるうなあ。それでまあ、まず詫びを言いに来たのさ」

「ふッ、そう言われてみりゃあそうだな。ただお前がどうしているか、会ってみてえと思ったのかもしれねえな」

「いい歳になって、いい身形をするようになって、人を哀《あわ》れむ心ができたってわけかい」

「哀れむ？　おれにそんな気の利いたものの考え方が、できるわけがねえや」

「そんならどう思っていたんだい」

「そうさなあ……」

勘太は、何やら思い詰めたような表情となって、

「お滝が、別れてからどんな暮らしを送っていたのか、子宝に恵まれて、今じゃあ人の親になって幸せに暮らしているなら好いと……」

お滝の子に水を向けた。

きれいさっぱり別れたと思ったが、今日久しぶりに会うお滝はどことなく絡《から》みつくような物言いをする。

もしかして、子が出来ていたのではないか。

自分から出ていったお滝であったが、その後も浜町の居酒屋に顔を出していたという。

それは、勘太に自分の噂がすぐに伝わると思ってのことだとしたら――。

話すうちに、勘太にそんな想いが湧《わ》いてきたのだ。

「あたしに子宝だって？」

「ああそうだ。余計なことを訊いちまったかい……？」

「からかいに来たのかい！」

お滝は激昂《げっこう》した。

酔っていたからかもしれない。子を産むことに嫌な思い出があったのかもしれない。

だが、じろりと勘太を睨《にら》む目を見ると、ずっと荒んだ暮らしから脱することが出来なかった女の、拗《す》ねた心が覗いている。

今、この場で訊いたのは早計であったかと、勘太は悔やんだ。

「そんな身分の女なら、もっとお前と一緒にいたさ！」

お滝が勘太を詰る声は店の内に響き渡った。

そもそもが、男女の怒鳴り合うような声がかまびすしい店であるが、お滝の迫力のある声は、やたらと目立った。

店の客達が、一斉《いっせい》に勘太の方を見た。

お滝は、いたたまれずに、

「じろじろ見ているんじゃあないよ！」

客達に悪態をついた。

酌婦といっても、実質はお滝が店を仕切っているように見える。

そして、ここでは絶対的な力を持っているのであろう。

客は何も言わず、それぞれの騒ぎに戻った。

「こいつはおれが悪かった。気に障《さわ》ったのなら許してくんな。お前に嫌な想いをさせるつもりはねえんだ。帰るとしよう。こいつはほんの詫びの印だ」

勘太は、浴衣地の反物を、腰かけていた床几の上に置くと、銭を置いて立ち上がった。

もう訊くまでもないだろう。

お滝が自分の子を宿していたとは考えにくい。

「何を言っても、大きなお世話だと叱られそうだ。へへへ、おれもまだガキだねえ……」

勘太はそう言い置いて店を出た。

お滝の顔は見なかったが、少しばかり愛《いと》おしそうに反物を眺めていたような気がする。

それでよかった。

だが、店の一隅で飲んでいた荒くれの一団の一人が、店の奥へと小走りに姿を消したことに勘太は気付いていなかった。

八

「ちょいと危ねえ様子だな……」

勘太は、盛り場で起こる殺気には敏《さと》い。

お滝を怒らせたことが、どうやらその殺気を引き起こしたようだ。

とっととずらかるに限ると、歩みを速めたが、

「おう、手前は何をしに来やがった」

勘太の前に四十《しじゆう》絡みの男が立ち塞《ふさ》がった。

一見してやくざ者とわかる、頬《ほお》に傷のある男であった。

いつの間にか勘太の周りを、何人もの破落戸《ならずもの》が取り囲んでいた。

「親分、一杯頼みますぜ」

そう言ってへらへら笑っているところを見ると、喧嘩の加勢をして、酒にありつこうと思っている輩《やから》のようだ。

ろくでもない者達が寄り集まって、少しでも金になると思えばそこへ群がる――。

くだらない穀潰《ごくつぶ》しの巣に迷い込んでしまった勘太である。

――忘れていたぜ。おれもまかり間違えば、この連中と同じような暮らしを、弟二人と送っていたんだ。

殴《なぐ》られ、金をむしり取られても、この連中のようにならないでよかったと、勘太はつくづくと思った。

「何をしに来やがったと訊いているんだ」

男は凄んだ。

「ちょいと一杯やりに入ったら、昔知った顔がいた。それだけさ」

勘太は、肚《はら》を据えて応えた。

「ほう、それで昔知った顔を泣かせやがったか」

「泣いていたかい」

「ああ、涙を浮かべていたぜ」

「そうかい。そんなつもりはなかったが。すまねえことをした」

「すまねえですまされるかよう」

「あんたは、お滝さんの亭主かい」

「ああそうだ。入江町の九郎助《くろすけ》といえば、ちったあ知られた顔だ」

「その顔で、おれを脅して金にしようってえんだな」

「脅しじゃあねえ！　手前の女房をからかわれて、黙っていられるかってえんだよう！」

「ふん、女房を泣かしているのは、お前の方じゃあねえか」

勘太は、お滝が涙したと聞いて、ほっとした。

お滝の不機嫌は、勘太と別れた後、何人の男を渡り歩いたかは知らないが、この九郎助が、誰よりもくだらぬ男であったと、勘太に会って思い知らされたからだろう。

「おれもろくでなしだが、九郎助さんよう、お前よりはましだと、ちょっと好い心地だぜ」

ニヤリと笑った途端、顔面に九郎助の拳《こぶし》を食った。

久しぶりに食らう一撃であった。

勘太は堪《たま》らず尻もちをついた。

――仕方がねえや。ひとつ殴らせて、何とかこの場を逃れようか。

勘太は情けないが、これも身から出た錆《さび》だと自分を戒《いまし》めた。ここで騒ぎを起こすとお滝に迷惑が及ぶだろう。

「ヘッ、弱《よえ》え奴だぜ。このあたりですませてやるから、こいつらの飲み代《しろ》を置いていってもらおうか」

九郎助は、したり顔で言った。一杯ありつこうと思っていた連中は、

「こいつはかっちけねえ。おう、そこの抜け作、財布を置いてとっとと失《う》しゃあがれ」

と、騒ぎ立てた。

勘太は、さてどうするかと顔を上げた。多勢に無勢だし、五年前の自分なら尻《しっ》尾《ぽ》を巻いて逃げ出したであろう。

だが今日の勘太は妙に落ち着いていた。

ふと見ると居酒屋の前に、反物を抱えたお滝の姿が見えた。

お滝は止めに入ろうか迷っているように見える。止めに入れば九郎助が余計にいきり立つかもしれないと、お滝なりに思案しているのであろう。

その刹那《せつな》、勘太の体中に熱い血潮が駆《か》け巡《めぐ》った。

一度は惚れた女。もしや自分との間に子を生していたのではないかと思った女の前だ。

ずたずたにされようが不様な姿は見せられまい。

お滝の涙の理由はわからないが、

――おれも、〝こんにゃく三兄弟〟の勘太だ！　お滝、ようく見ていろ！

「おう！　恐くて声も出ねえか。何とか言やがれ……」

九郎助は、どこまでも嬲《なぶ》ってやろうという魂胆《こんたん》だ。お滝への嫉妬《しっと》が絡んでいるのであろう。

「おう、何とか言ってやるぜ……」

言うや否《いな》や、勘太は立ち上がって、お返しの鉄拳《てっけん》を九郎助に見舞った。

「野郎！　おれをなめるんじゃあねえや！」

勘太はそこから狂ったように九郎助を殴りつけた。

「手前……、ただですむと思うなよ……」

九郎助は圧倒されながら、

「お前ら何とかしやがれ！」

呆然《ぼうぜん》と眺めている乾分《こぶん》と破落戸達に叫んだ。

「や、野郎！」

連中は我に返り、数を恃《たの》んで勘太に襲いかかった。

引き離され、殴られ、蹴《け》られても、勘太は尚も九郎助に向かっていった。

しかし、勘太が二度引き離されることはなかった。

いつしか二人の武士が現れて、九郎助の眷族《けんぞく》共の前に立ちはだかったのだ。

驚いて固まってしまった九郎助を見て、勘太が首を傾《かし》げて振り返ると、そこには秋月栄三郎と、その剣友・松田新兵衛がいた。

「先生……」

恐らく来てくれるだろうと思っていたが、栄三郎だけではなく、新兵衛までわざわざ来てくれるとは思いもかけず、勘太は、目頭《めがしら》を熱くした。

栄三郎は空惚《そらとぼ》けて、

「久しぶりに新兵衛と飲みに出たのだが、いやいや奇遇だなあ」

「へい、ほんに奇遇で……」

勘太はニヤリと笑った。

新兵衛は難しい顔をして、

「相変わらず人使いの荒い奴だ。栄三郎、おぬし一人でことは足りるであろう」

そう言うと、棍棒《こんぼう》を手に殴りかかってきた命知らずの利き腕を摑んで、ひょいと投げつけて、

「ああ面倒だ。栄三郎、楽はさせぬぞ」

新兵衛は、その棍棒を栄三郎に押しつけた。

「新兵衛、まあそう言うな、お前の女房の実家の奉公人が危ない目に遭《あ》っているのだぞ、手伝ってくれても罰はあたるまい」

「まあ、それもそうだな」

「お前がいた方が、ことが早くすむのさ」

「よし、なら早いとこ片付けよう」

新兵衛は、その場にいて、尚も気勢をあげる破落戸達を、片っ端から投げとばした。

栄三郎も各々得物を手に打ちかかってくる連中を棍棒を手に、次々と打ち据え

た。

「ほら、胴だ、面だ、足払いだ、隙《すき》あり！」

たちまち地を這《は》う破落戸共は、この二人の武士が格段の強さであることに、痛い目に遭って初めて気付かされた。

「ひ、ひ、ひ〜ッ！」

「た、た、たすけけけ……」

一斉に奇声を発する中で、勘太は九郎助をじっと睨んで、

「手前、ここからは差しの勝負だ！」

「ま、参りやした、勘弁《かんべん》してくだせえ！」

ぼこぼこと殴りつけた。

もう勝負にならなかった。

勘太は九郎助を地面に叩きつけると、

「おれは、こんにゃく三兄弟の天辺で、勘太というもんだ。様ァ見やがれ！」

堂々たる啖呵を切った。そして、栄三郎と新兵衛に深々と頭を下げ、

「先生方、どうか一杯持たせてくださいまし」

と、声をかけ、呆気《あっけ》に取られて勘太を見つめるお滝には、

「あばよ。たのしかったな！」

と言い置いて、悠々《ゆうゆう》と歩き出した。

「あの馬鹿、また恰好をつけやがって……」

楽しそうに笑う栄三郎の隣りで、

「栄三郎、おぬしはまた何か仕組んだな」

新兵衛が苦い顔をした。

「さて、何のことだかわからぬが、見ろよ、勘太の奴、恰好の好いことこの上ないではないか」

涙目で見送るお滝を背中に感じつつ、勘太は振り返ることなく去っていく。

「これで奴も元気になるだろうよ」

ニヤリと笑う栄三郎を見て、

「勘太も人に好かれているのだな」

ぽつりと新兵衛が言った。

勘太の女巡りはこれで終った。

子供がいたとすれば、覚えがあるのは、三人の女だけである。もう行くところはなかった。

となると、あの旅人が会ったという若い衆は何者であったのか――。

「何かの思い違いだったんですかねえ」

首を傾げつつも、栄三郎と新兵衛に一杯持たせてくれという勘太に、

「いや、とにかく今宵は、お前が男を上げた祝いだ。田辺屋の大旦那からもいただいているんだ、皆を呼んで派手にいこうじゃあないか」

栄三郎はそう言って、居酒屋〝そめじ〟に雪崩《なだ》れ込み、宗右衛門、お咲に乙次、千三も呼んで、賑やかに打ち上げたのである。

九

翌日から、勘太は見違えるほど元気になった。

謎《なぞ》の息子のことは、わからず終《じま》いとなったが、男としての自信と張り合いを取り戻した勘太には、

「旅の男の、とんでもねえ取り違えに違いねえや」

と、笑いとばせる余裕が生まれていたのであろう。

さらに五日が経った日のこと。

手習い道場に勘太が一人でやってきた。

久しぶりに剣術の稽古《けいこ》をつけてくれと言うのだ。

栄三郎は、この日も元気いっぱいの勘太に、

「何か好いことでもあったのかい」

と訊ねてみた。

「へい、実は大ありで」

「どうしたんだよう」

「おとくの奴が、あの鳶の野郎と一緒に詫びを言いに来たんでさあ」

「ふふふ、お前が田辺屋の大旦那のお気に入りだと、気付いたんだな」

「そういうことでさあ」

勘太は満面に笑みを浮かべた。

おとくと鳶の者は、引きつった表情で勘太を訪ねてきた。

「あの、勘太さん、先だっては、無礼をいたしましてほんとうに申し訳ございま

せん」

おとくは開口一番そう言うと、鳶の者に、

「お前さんも余計なことをしてくれたもんだねえ。たくはもうかんかんに怒っているんだからねえ」

と、鳶の者に八ツ当りをした。

話をややこしくしたのは、こいつのせいなんですよと、言わんばかりの口ぶりが、いかにもおとくらしい。

「ええ、勘太さん、親方、とんだ思い違いをいたしまして相すみません。どうぞあっしをぶん殴ってやっておくんなさい」

鳶の者も平謝《ひらあやま》りである。

「おいおい、そんな風に詫びられると、こそばゆくなるぜ。お前も、〝丸吉〟のおかみさんの顔色を読んで、よかれと思ってしたことなんだろう。わかってくりゃあそれで好い」

勘太はおとくにあてつけて、詫びを受け入れると、

「こいつは、ありがとうございます。このことはお借りしておきます」

鳶の者は深々と頭を下げた。

おとくは、いたたまれずに、

「これは、ちょっとしたいき違いなんでございます。ちょいと、用がすんだら早く お帰りよ」

鳶の者を下がらせると、くどくどと言い訳をした。そのあげくに、

「勘さん、あの時はお前さんがいなくなってしまうからわたしだって……。怒る気持ちもわかるだろう」

かつて情を交わした女に戻って、声に色を込めたものだ。

「言っておくが、おれは何も恨みに思ってはいねえし、お前に詫びなきゃあならねえと思う気持ちは今も同じだよ。お前は、おれが大旦那様に何か告げ口をすると思っているのかもしれねえが、おれはそんな男じゃあねえや。案ずることは何もねえから、帰っておくれ」

勘太は、おとくが哀れになって、穏やかに諭《さと》すようにして帰らせたのだ。

「勘太、そいつはまた好い恰好だったな」

栄三郎は、にやにやとして言った。

「へい、まったく好い心地でございましたよ」

勘太は声を弾ませた。

「それもこれも、先生が大旦那にうまく伝えてくださったからでしょう」

「おれは何もしちゃあいねえよ」

栄三郎はふっと笑ったが、勘太の言う通りであった。

おとくとの再会について、勘太から話を聞いた栄三郎は、それとなく田辺屋宗右衛門の耳に入れておいた。

縫箔屋の〝丸吉〟とは、取り引きのある田辺屋である。江戸でも指折りの呉服店で、大旦那として君臨する宗右衛門の機嫌を損じることは、〝丸吉〟にとってあってはならない。

宗右衛門は、そういう力を誇示して人を押さえつけることを好まぬ男である。しかし、自分の身内が馬鹿にされるようなことは決して許さない。

こんにゃく三兄弟の乙次と千三を供に通りすがりを装って、〝丸吉〟を訪ね、

「このところはわたしも気楽な身でございましてな。こうして供の者を連れて出歩くのが楽しみでございます。生憎今日は、この二人の兄で勘太という者がおりませぬが……」

と、おとくの耳に入るように話し、勘太が自分のお気に入りであると伝えたのである。

勘太は、惚けてみせる栄三郎を、仏像を見るがごとく見つめて、

「まったく先生はひでえお人だ。あっしをからかうにもほどがありますぜ」

幸せそうな表情で言った。

「おれはお前をからかっちゃあいねえよ」

栄三郎は、どこまでも惚ける。

「からかっちゃあいねえとなると、励ましてくれたんですかねえ。乙次と千三まで巻き込んで」

「何のことだ？」

「先生、弟二人を買いかぶっちゃあいけませんぜ。奴らがあっしに内緒ごとができるはずがねえんですから」

「内緒ごと？」

「千三に声をかけた旅の男なんていねえんでしょ。若いのに助けられて、それがどうもあっしの息子のようだなんて、皆先生の作り話だと、千三が白状しましたよう」

「ははは、そうか、千三の奴、嘘《うそ》がつけねえ男だなあ」

「この前千三が〝こんにゃく〟にあっしを訪ねてきた時に、どうも様子がおかし

いから、締めあげてやったら、あの話は先生からこんな風に話をしろと言われたんだとね。兄貴を騙《だま》すとはとんでもねえ野郎だ」

「まあそう言うな。お前がちょっと前に女に振られてしょぼくれていたから、奴も心配していたんだよう」

「それはわかりますが……」

「どうすればお前を元気付けられるか。それを乙次と千三に持ちかけたんだ。すると勘太には昔女にもてた頃があったから、その時のことを思い出せば、ちったあ元気が出るんじゃあねえかって話になったのさ」

「それでこんなに手の込んだことを……」

「取次屋の仕事を、見くびってもらっちゃあいけねえぜ」

「こいつはおみそれいたしやした」

笑い合う二人のやり取りは、しばし続いた——。

「どうでえ、粋《いき》がっていた頃の自分は？」

「恥ずかしいばかりでございますよ」

「だが、それはそれで楽しかっただろう」

「へい、楽しゅうございました」

「胸の中で煙がもうもうと立ち上がる。そんな楽しいことを見つけねえとなあ」

「まったくで」

「せっかくお前、好い男になったんだからよう。そのうちもててもてて仕方がねえぞ」

「またそうやってからかう……」

「よし、稽古をつけてやらあ」

「お願《ねげ》えしやす。だが先生……」

「何だい？」

「お蔭であっしは、手前でうろたえちまうほど、幸せでございますよ」

第三章　老健

一

話は少し遡《さかのぼ》る。

市之助が生まれたばかりの夏のことである。

その日、秋月栄三郎は、本材木町五丁目の岸裏道場に、稽古《けいこ》に出かけていた。

師・岸裏伝兵衛と、剣友・松田新兵衛、その妻で栄三郎の弟子《でし》・お咲が暮らすこの道場からは、次々と市之助誕生の祝いが届けられていた。

こうなると、礼だけではなく時折《ときおり》は稽古に出むかねば義理が立たなくなったのだ。

四十《しじゅう》になったものの、

「栄三郎、お前の剣は、まだできあがってはおらぬな」

と、岸裏伝兵衛は言う。

その横合から、

「それだけ稽古を怠《おこた》っているということだな」

新兵衛は手厳しい言葉を投げかけてくる。

いずれにせよ、剣客《けんかく》を目指した者にとって、剣の奥義はまだ先にある年代のようだ。

――勘弁《かんべん》してくれよ。奥義に到達したくば、新兵衛よ、お前一人で行ってくれ。

栄三郎はやれやれと思いつつ、とてつもなく強い師と相弟子を相手に稽古で竹刀《しない》を交えると、若かった頃のひたむきな想《おも》いが蘇《よみがえ》り、

――おれもまだまだ捨てたものではない。

と、爽快《そうかい》な心地《ここち》になった。

汗みずくになった体を井戸水で洗い流し、心身共にさっぱりとして帰路につく。

「夏に稽古などして、死んでしまったらどうするんだよ……」

日頃はそう言って、〝手習《てなら》い道場〟の外で稽古をすることから逃げている栄三郎も、まだ自分もやれば出来ると、この日は上機嫌であった。

それゆえ、あの四人の老人からの誘いも、素直に受けたのであろう。

四人の老人とは、いずれも手習い道場がある水谷町界隈《かいわい》に住む、隠居《いんきょ》達である。

その構成は、提灯《ちょうちん》屋の六右衛門《ろくえもん》、唐傘《からかさ》・下駄《げた》屋の清蔵《せいぞう》、枡酒《ますざけ》屋の福松《ふくまつ》、八百《やお》屋《や》の岩次郎《いわじろう》――、となる。

四人は子供の頃から仲がよく、悪童四天王などと呼ばれたこともあり、若い頃は喧嘩《けんか》、老いてからは人の世話に時を費《つい》やし、町内の者からは一目置かれる存在だ。

孫達は皆、栄三郎の許《もと》に手習い子として通っていたので、以前から顔見知りで、

「栄三先生はおもしろいお人だ。ああいう手習い師匠がいると、こちらも心強いねえ」

などと、四人は口を揃《そろ》えて言ってくれる。そんなこともあって、手習い道場もなかなかに栄えているというわけだ。

「ああ、先生、こいつはよかった。ちょいとこれから四人で一杯やるところなんですがねえ。よろしければ一緒にどうです？」

白魚橋《しらうおばし》を渡ったところで、栄三郎は四人と出くわして、六右衛門に声をかけられた。

「そうだな。こいつはいいや。先生、お忙しいでしょうが、ちょいとお付合い願えませんかねえ」

清蔵が続けた。

福松と岩次郎は、昔から二人の言うことに従《したが》うので異存はなく、にこやかに相《あい》槌《づち》を打っている。

「これは御隠居方、よい調子のようで……」

栄三郎は、どんな時も、誰に対しても愛想《あいそ》が好《い》い。にこやかに応《こた》えたが、

――ちょいとお付合いいか。

内心苦笑いを禁じえなかった。

この老人達の宴《うたげ》に付合うと、以前何度も聞かされた話が繰《く》り返されるのはわかっている。聞かされる方は、堪《たま》ったものではないのだ。

栄三郎は逡《しゅんじゅん》巡したが、昼を過ぎた頃で腹も減っていた。これも付合いである、

ここは老人達の機嫌をとりつつ相伴《しょうばん》に与《あずか》るかと、

「そうですか。そんなら少しだけ、ご一緒をさせていただきましょうかねえ」

老人達を喜ばせた。

この四人は、月に二度は一緒に酒を酌《く》み交わすのを決めごとにしていた。

ところは、いつも鉄砲洲《てつぽうず》の船宿〝和泉屋《いずみや》〟であった。

そこまでぶらぶら歩いて、海を眺《なが》め、潮風を体に吸い込み、三合ばかり飲むのが、体によいのだと四人は口々に言った。

以前にも白魚橋辺りで出会って、〝和泉屋〟に付合わされたことがあり、その時も道中同じ話をしていたはずだ。

この四人と一緒にいると、

「うむ？　この風景は前に見たぞ。確かここで六右衛門の御隠居が、〝海を眺めて、潮風をぐっと吸い込んでから、酒を三合ばかり飲むんでさあ〟と言うんだ。そうすると清蔵の父《とっ》つぁんが、〝これが長生きの秘訣《ひけつ》でさあ〟と言うんだ」

などと思って、まったくその通りになる時がある。

この日も前回同様の展開となった。

――まあ、話をしつくしたんだから仕方がないか。

船宿についても、前の時と同じ小部屋で、窓から眺める景色も同じで、

――そろそろ六右衛門の父つぁんが、潮干狩《しおひが》りの話をするぞ。

と思った途端《とたん》、

「そういやあ、若え頃《わけ》、四人で潮干狩りに行った時はおもしろかったなあ」

六右衛門の口からこれが出た。

――確か気に入らねえ野郎がいたんだ。

「おれは、どこどこの親分にかわいがってもらったとか、太平楽《たいへいらく》を言ってた奴がいたなあ」

「あいつは頭にきたぜ」

清蔵と福松が続ける。

――頭にきたから浜に頭だけ出して埋めてやったんだ。

「だが、あれはやり過ぎだぜ。六と清がそいつをやり込めて頭だけ出して砂に埋めちまうんだからよう」

すると、岩次郎がそう言って笑った。

――潮が満ち始めて慌《あわ》てたんだ。

六右衛門は大笑いをして、

「そしたら、潮が満ちてきやがって、ははは……」

清蔵が惚《とぼ》けた顔で、

「いくらなんでも、海に沈めちゃあいけねえってんで、四人で慌てて、あの野郎を掘り起こしたんだよなあ」

話を締《し》めた。

――まだ続きがあっただろう。掘り起こした拍子《ひょうし》に、そいつの褌《ふんどし》がとれちまったはずだ。

すると福松が体を揺すって、

「その拍子にあの野郎の褌が取れちまってよう」

「いちもつが、なめくじみてえに縮んでやがったんだ……」

岩次郎も腹を抱《かか》えた。

「栄三先生、あっしらはこんな馬鹿《ばか》なことばかりしていたんですよ」

そして六右衛門がはにかみながら、栄三郎に告げるのだ。

――何もかも知ってるよ！

それでいて、適当に笑ってやらないといけないし、驚いたり相槌を打ってやらねばならない。栄三郎は辟易《へきえき》としつつ、

「そんな四人がこうして今も仲よく一杯やるというのは、ほんに好いことだねえ」

やはりにこやかに応えてやるのであった。

――ああ、ついてくるんじゃあなかった。

その想いが、稽古で疲れた体にのしかかってくるが、

――うちの親父《おやじ》もこんな風に、人様《ひとさま》に迷惑をかけているんだろうなあ。

そのように考えると、年寄相手に酒を付合ってやり、

「ご隠居は皆、達者だねえ。大したもんだ」

と、持ち上げてやりながら、大坂の父・正兵衛に想いを馳《は》せるのも、それはそれで陰の親孝行ではないかと思うのだ。

大坂で正兵衛が、自分と同じ年恰好《かっこう》の者と、時に酒を酌み交わして、昔話に華《はな》を咲かせていたら、息子としては頬笑《ほほえ》ましいことこの上ない。

聞くだけ聞いて、適当に相の手を入れ、時に近頃見聞きした新たな話をして笑わせてやり、ようよう日が暮れ始めた頃に老人達に囲まれながら水谷町に戻る。

これもまた幸せではないか。

「栄三先生はありがたいお人だねえ」

「年寄の話を、嫌がらずに聞いてくださる」

「御新造《ごしんぞう》さんがいて、若ができて、人間が一回り大きくなりなさった」

「これに懲《こ》りず、またお付合いくださいまし」

六右衛門、清蔵、福松、岩次郎が、道々大きな声でかけてくれる言葉が、栄三郎をまたひとつ成長させてくれるのであろう。

二

その日の老人四人との会食は、翌日になると方々で広まっていた。

手習い道場の修繕のことで家守である善兵衛を訪ねると、彼は開口一番《かいこういちばん》、

「先生はおやさしいですねえ……」

つくづくと言って、栄三郎を称《たた》えたものだ。

「なに、あの四人を大事にしておかねば、手習い師匠を続けていけませんからねえ」

栄三郎が照れ笑いを浮かべると、

「潮干狩りの話は、何度お聞きになったんですか」

善兵衛はニヤリと笑う。

彼もまた、四人に何度か捉《つか》まって、件《くだん》の話を聞かされているようだ。

善兵衛は、手習い道場の裏手にある裏店《うらだな》の大家も任《まか》されている。

この〝善兵衛長屋〟には、現在、又平も世話になっていて、栄三郎とも長い付合いになる。

皺《しわ》だらけの顔に、白い髷《まげ》。一見すると老人に見える善兵衛であるが、大家という仕事柄、そのように思わせている節がある。

あの四人組に比べると、まだまだ〝若造〟らしく、温厚で聞き上手であることから、〝和泉屋〟の会に何度か招かれているのである。

「潮干狩りの話は、これで三度目かな。若い頃の馬鹿話をして一杯やるのが長生きの秘訣なのだろうねえ」

と、栄三郎は笑った。

聞けばあの四人は同年で、共に七十五であるらしい。

「四人で昔話を肴《さかな》に一杯やる……、まあ、それも長生きの秘訣かもしれませんが……」

善兵衛は、意味ありげに応えた。

「他にも何かあるのかな」

「それが大ありで……」

「ほう……」

「この話は内緒なんですがね。先生にならお話ししても文句は出ますまい。いや、聞いていただいた方が、この先ありがたいというものでございます」

善兵衛は身を乗り出した。

手習い道場の修繕の件は、まったく後廻《あとまわ》しになっていた。

善兵衛の表情には、やれやれといった安堵《あんど》が浮かんでいる。

栄三郎も興がそそられて、

「長生きの秘訣があるのなら、是非《ぜひ》聞いておきたいものだな」

自《おの》ずと体が前に傾く。

「それが、そう難しいことではないのですよ」

「何か妙薬を見つけたとか？」

「いえ、毎年一両あればよいのです」

「一両を何と……」

「ただわたしに預けるだけです」

「大家殿に預ける……」

「はい」

善兵衛はニヤリと笑った。

六右衛門、清蔵、福松、岩次郎の四人は、六十歳になった時に、

「これを機に、おれ達の決まりごとを何か拵《こしら》えようじゃあないか」

と、話がまとまった。

毎年、二、三泊する旅をしよう。

いや、潮干狩りに行こう。

何か習いごとをするというのはどうであろう。

四人で地蔵《じぞう》を建立《こんりゅう》して、毎年地蔵盆《ぼん》をするのもよいのではないか。

あれこれ案は出たが、もっと容易《たやす》く出来て、先々まで楽しめるものがよい。

それでいて、四人の友情を確かめ合えるのが何よりも大事だ――。

そこで考えついたのが、

「四人で毎年暮れに一両出し合うことだったのですよ」

「てことは、一年に四両貯《た》めるわけか。それをどこかでぱっと使うんだな」

「使わないのですよ。ただ貯めるばかりで」

「ああ、わかった。どこかでそんな話を聞いたことがありましたよ。それで生き残った者が、貯まった金をそっくりもらえるんだ」

「はい。ご明察で」

「はははは、そうか、長生きの秘訣か。これはおもしろい」

栄三郎は愉快に笑った。

「だが、預けられる方は、たまったものではござらぬな」

「まったくでございますよ。あの四人よりもわたしは随分《ずいぶん》と若いので、見届けられるであろう。その折には一割を礼として渡すと言うのです」

「なるほど。それも悪くはない。ということは、今までに貯まった金は……」

「六十両になります」

「それは大したもんだ。まず六両は手に入るというところですな」

「さて、その場になれば受け取れるかどうか」

「なるほど……」

「とにかく、あの四人が長生きしてくれたら結構なことだと思いましてね」

「うむ、まったくだ」

「ひとつ先生にお願いがございます」

「何なりと」

「あの四人よりわたしの方が先に死んでしまったら、何とぞ後を継いでもらいとうございます」

「はははは、あの四人を見ているとそんな気にさせられますな。だが、この栄三に預けると、いつの間にか金が無《の》うなってしまいますぞ。はははは……」

栄三郎は大笑いしながら、

「それにしても、大家殿もこの十五年の間、大変な想いをしていたのですねえ。いやいやそれも人徳だ」

何度も頷《うなず》いてみせたのであった。

三

ところが、善兵衛とそんな話をした一月《ひとつき》後に、枡酒屋の福松がぽっくりと逝ってしまった。

いつものように、四人で元気に件の潮干狩りの話をしていたのだが、その翌日に店の酒樽《さかだる》の陰で倒れているのが見つかったのだ。

四人の中では一番温和な男であったが、それがそのまま死顔に表れていた。

心の臓の発作で、苦しまずに息を引き取ったようだ。

秋月栄三郎は、福松の死を大家の善兵衛から聞いた。

善兵衛は一報が入るや、手習い道場にとんで来て、

「先生、大変なことになりましたよ。この先あれこれとややこしいことが起こるかもしれませんから、色々とお知恵をお貸しください……」

と言った。

またもやおかしなことに首を突っ込んでしまったかと思ったが、これが仕事に繋《つな》がっていくのが取次屋というものだ。

「あの六十両の件ですね。わたしも気をつけておきましょう」

栄三郎は、まず胸を叩《たた》きつつ、又平を供にして福松の葬儀に出た。

福松の枡酒屋は、稲荷《いなり》社の前にある。

又平も四人組のことはよく知っているので、道中渋い表情で、

「あれだけ仲のよかった四人ですからねえ。一人欠けるだけで、爺様《じいさま》方は随分と応えるんじゃあねえですかねえ」

この先のことを案じた。

「うむ、そうだな。あの分なら百まで生きるんじゃあねえかと思ったが、思いの外に体は衰《おとろ》えていたのかもしれねえなあ」

「夏が過ぎて、涼しくなってきた頃が危ねえようですぜ」

「一夏越えてやろうという気合が、ふっとしぼんじまうんだろうな」

「油断大敵ってやつで……」

そんな話をしながら福松の家に着くと、身内以上の落胆ぶりをみせる、六右衛門、清蔵、岩次郎の姿があった。

三人は栄三郎に気付くと、

「先生……、先だっては、ありがとうございました」

「あの時は、あんなに達者でしたのに、信じられねえ想いでございます」

「先生に来ていただいて、福松も喜んでおりますよ」

口々に、神妙《しんみよう》な面持《おもも》ちで声をかけてきたものだ。

「福松のご隠居の分まで、達者でいてくだされ……」

栄三郎は、ありきたりな言葉だと思いながらも、それしか口から出なかった。

机にたとえると、四つの脚のひとつがとれてしまったのだ。もうそれは机として用を成さない。

これからは、三脚で立てるものに変わっていかなければならないのだが、七十五になって、それだけの力が湧《わ》くであろうか。ただ机が倒れてしまう日を呆然《ぼうぜん》と待ってしまうのではなかろうか。

栄三郎はそれが気になったが、四十の自分にはわからぬ境地もある。

「先生！　あの世の福松にもう一度、潮干狩りの話をしてやりとうございます。どうかお付合いを！」

などと言われぬうちに退散するに限る。

悔《く》やみを言って香料を置くと、そそくさと帰ってきたのである。

何よりも気になったのは、毎年暮れに善兵衛に預ける一両のことだが、これはすぐに善兵衛によってその後の成行《なりゆき》が報《しら》された。

六右衛門は、

「これは四人で決めたお遊びのようなものだ。福松が生きている間はよかったが、奴の十五両をこのままにしておくのは後生が悪いから、善兵衛さんにお礼をした上で、まず十五両は福松の身内に返すのがよいだろう」

と、言ったそうな。

しかし清蔵は、

「いや、それは福松が望んだことじゃあねえや。生き残った者がそっくりもらうことにしようと決めたのは、おれ達四人だ。その中の三人が死んだ時に、この遊びは終るんだ。今はまだその最中《さなか》じゃあねえのかい」

と、続行を望んだ。

こんな時に、調整役を務《つと》めるのが岩次郎である。

「確かに清蔵の言うことは筋が通っている。福松の家に十五両を返すなら、この遊びはここで終りにして、おれ達三人も十五両を引き上げにゃあならねえ。そいつはどうもつまらねえや。と言って、六右衛門が言うように、十五両といやあ大金だ。福松の倅《せがれ》も、金に困っているかもしれねえんだ。一言声をかけておこうじゃあねえか」

と言って二人を宥《なだ》めた。

福松の倅の返事次第にしようというのである。

これには六右衛門も清蔵も納得して、まず福松の息子に三人で会いに行った。

しかし、福松の息子はなかなか男気があって、

「ああ、あの十五両ですか。お気遣《きづか》いは嬉《うれ》しゅうございますが、その金は、親父殿がわたしに遺《のこ》すつもりでかけたお金ではございません。わたしが受け取るのは

筋が違います。親父殿には色んなものを遺してもらいました。この上そのお金までいただいたら、夢枕に立ってわたしを叱《しか》りつけますよ。どうかご勘弁を……」

と、まったく受け付けなかった。

これには六右衛門も納得して、

「福松は、倅を好い男に育てやがったもんだなあ」

と涙ぐみ、

「よし、これからは三人で続けよう。生き残った者三人で、毎年一両ずつ出し合い、残った者がその貯まった金と、福松の十五両を足した金を受け取るんだ」

という清蔵の提案に黙って頷いた。

岩次郎も、清蔵の案に異存はない。

「また新たに始まるおれ達の毎日を、福松に見守ってもらおうじゃないか」

上手《うま》く二人の心を落ち着かせて、福松の死を悼《いた》んだのである。

そうして、それからはまた、水谷町界隈に平穏が訪れた。栄三郎の身の回りでは、又平のおよし、玉太郎にまつわる一騒動があり、〝こんにゃく三兄弟〟の勘太が、かつて理由《わけ》ありの女達を巡《めぐ》ることで元気を取り戻し、冬の到来となった。

ところが、こういうことは続くものなのであろうか。

今度は、八百屋の岩次郎がまた、あの世に旅発《だ》ってしまったのである。

四

「ああ、これはますます困りましたよ」

早速、大家の善兵衛が栄三郎を訪ねてきた。

「よりにもよって岩次郎さんが先に逝ってしまうとは……」

善兵衛は嘆息した。

六右衛門と清蔵は、大の仲良しなのだが、二人ともに我が強く、頑固なところがある。

「こうすることが、あいつのためなのだ」

という想いが強いので、時に善意と友情の度が過ぎて衝突が起こるのだ。

そこを上手に宥めすかして、二人の仲が壊れることのないようにもっていくのが、岩次郎の身上であった。

その岩次郎が先発ったのは、善兵衛にとっては真《まこと》に脅威なのである。

「う〜む、六右衛門と清蔵……。どちらかがあの六十両をものにするわけだな。

だがこうなってみると、生き残って金をもらうのも、辛《つら》いものですな」

「はい。わたしはどうも胸騒ぎを覚えてならないのですよ……」

「よくわかりますよ。大家殿がこの先、六十両の金を持って、行ったり来たりする様子が目に浮かびますねえ」

栄三郎と善兵衛の不安は、すぐに形となって表れた。

岩次郎の葬儀の日。

六右衛門と清蔵は、福松の時と同様に、まず岩次郎の十五両を彼の倅に、返還したい、受け取ってはもらえぬかと、問いかけてみた。

岩次郎の息子もまた、四人の遊びのことは知っていて、

「その金をいただくわけには参りませんよ。一人残された小父《おじ》さんが、誰よりも辛い目に遭《あ》うんだ。せめて遺された金を使って、寂《さび》しさを紛《まぎ》らせておくんなさいまし」

などと、父親譲りの柔らかな物言いで、六右衛門と清蔵の胸を詰《つ》まらせ、二人の口を封じてしまった。

「この先のことは、ちょいと心の内を落ち着けてから、善兵衛さんを交えて話そうじゃないか」

六右衛門の提案に、清蔵もまた、

「そうだな。おれ達二人だけになっちまうとは、思いもかけなかったな」

力無く応えて、それから三日ばかりは、それぞれ家に閉じ込もり大人しくしていたのだが——。

岩次郎の葬儀が済んだ五日後のこと。

六右衛門と清蔵は、善兵衛の家を訪ね、件の六十両についての相談を始めた。

「善兵衛さんを、こんなことに巻き込んじまって申し訳なかったのですが、おれ達四人にとっては、毎年の楽しみでした」

六右衛門が頭《こうべ》を垂《た》れると、

「〝いってえ誰が、生き残るんだろうなあ、おれが生き残ったらお前らの供養のために、この金を持って吉原《よしわら》に繰り出してやるぜ〟などと言って四人ではしゃいだものですが、馬鹿でございました。とてもじゃあねえが、そんな気になりません」

清蔵もぽつりと言った。

この先は毎年一両を貯めていく遊びも、二人になっては張り合いもなくなった。

一旦《いったん》ここで止《や》めてしまうべきなのか、また、止めた場合は、この六十両をどうすべきなのか、善兵衛の意見を聞きたいと、六右衛門と清蔵は言うのだ。

――いよいよきたか。

善兵衛は心の内で溜息《ためいき》をついたが、毎年一両を貯めて生き残った者がそっくりもらうのだと十五年前に聞かされた時は、

「それはおもしろそうですねえ。わかりました。わたしがお預かりしましょう」

と、自分も胸を叩いたのである。

これは最後まで面倒《めんどう》を見なければいけない。

善兵衛にもその想いがあった。

「わたしが思いますには、今ちょうど六十両の金子《きんす》が貯まっています。もうこれ以上は増やさずともよいでしょう。このままわたしがお預かりして、いずれかが先発たれた後に、生きておいでの方にお渡しする。もし、わたしがその時に生きていなければ、このお金は秋月栄三郎先生に引き継がせていただきとうございます……」

善兵衛は、はっきりと己《おの》が意見を述べ、そこに栄三郎のことを巧《たく》みに入れた。

「う～む、そうするのが何よりかもしれませんなあ。清蔵はどうだ？」

「おれも善兵衛さんが言うことに従うよ。いざとなれば、栄三先生に引き継いでもらうというのも妙案ですねえ」

清蔵は、すぐに承諾した。

これで話はまとまったと思ったのだが、そこからがややこしくなったのである。

この話が行われた翌日。

六右衛門が一人で善兵衛を訪ねた。

そこで彼は、意外なことを告げたのであった。

「善兵衛さん、お前さんは清蔵の息子とは顔見知りかい？」

「清蔵さんの息子さん……、確か清之助《せいのすけ》さんだったかと」

「その様子じゃあ、あまり親しくもないようですねえ」

「道ですれ違えば、挨拶《あいさつ》を交わすくらいのものでしょうか。なかなか仕事熱心で、好い人だと聞いています」

「うむ。それはそうなんですよ。清蔵よりも余ほど真面目《まじめ》で、商《あきな》い上手というものです。息子が跡を継いでから、店も随分と大きくなりましたからねえ」

六右衛門は、和《なご》やかな表情を浮かべていた。

親友の息子であるから、親しく付合ってきたのであろう。清之助の誉《ほ》め方には情が籠《こも》っていた。

「その清之助さんが、どうかしたのですか?」

善兵衛は、小首を傾《かし》げた。

「それがどうも、このところ商いの方が上手くいっていないようなんですよ」

「そうなのですか?」

「清蔵は、極道息子だったが、そういう自分をよくわきまえているから、商いでは高望みをしなかった。だから、何とか世渡りだけで店を守ってこれた……」

「だが、清之助さんは違うと?」

「そういうことです。なまじ商いに長《た》けて店を大きくしたので、欲が出たのでしょうな」

「なるほど……」

六右衛門は、同じく商いにいそしむ者として、清之助の才気が気になっていた。

そのことを清蔵に告げても、

「おれは隠居の身だ。あれこれ清之助に言えたものではないさ。あいつは今まで家業に精を出して、できの悪いおれを助けてくれたんだ。もしも店が傾いたとしても、おれは笑って見ていてやろうと思っているのさ」

清蔵は泰然自若《たいぜんじじゃく》としている。

六右衛門は、そういう清蔵が好きなのだが、長年親交のある店が、左前になるのは辛い。

それとなく様子を見ていたところ、

「このところ金繰りが大変なようなのですよ……」

ということに気付いたそうだ。

清之助が親から受け継いだ店は、唐傘・下駄屋である。

元は下駄屋であったのが、清蔵の代から、雨には下駄に唐傘が付き物だと、店の隅に置いて売るようになった。

それが、思った以上に売れて、仕入れの数も増えるようになった。

清蔵が唯一《ゆいいつ》、家業において親に誉められたことである。

といっても、やはり主な商品は下駄で、清蔵は下駄の職人として働き、今は亡き女房・ちずに商いの方はほとんど任せていた。

清蔵の跡を継いだ清之助は、下駄職人としての腕は並であったが、子供の頃から商いで苦労する母親の肩助けをしていたので、商才に長けていた。

「倅ときたら、下駄作りよりも、読み書き算盤《そろばん》が達者でよう」

清蔵は、清之助のことを皆にはこう言ってくさしつつも、それを自慢していた。

ゆえに清之助が、

「もう少し唐傘を商ってみたいと思うのですよ」

と、清蔵に相談した時も、

「おれよりもお前の方がずっと頭が好いんだ。お前の思うようにすればいいさ」

何も言わずに受け入れた。

清之助は、その期待に応えんと、唐傘の柄や意匠に随分と工夫を凝《こ》らし、それを料理屋や船宿、旅籠《はたご》に置いてもらえるようにと、方々へ売り込みをかけた。

その甲斐《かい》あって、まとまった注文が入るようになり、破れ傘の修繕なども引き受けたので、売り上げは大いに伸びた。

清蔵は素直に喜んだ。

清之助のお蔭《かげ》で、苦労をかけた恋女房のおちずが随分と助けられたことが、清蔵にとっては何よりもありがたかったのだ。

おちずは同じく水谷町の箱屋の娘で、十六、七の頃は〝小町〟と騒がれた縹緻《きりよう》よしであった。

それがどういうわけか清蔵と一緒になったので、町内の男達は驚いたり口惜《くや》しがったりしたものだ。

そういう女房だけに、清蔵の許に嫁《とつ》いで苦労したと、人の嘲《あざけ》りを受けさせたくなかったのである。

「清蔵は馬鹿だったが、倅を上手に育てたしうだうだ言わずに、あっさりと跡を任せたのはなかなかのものだ。まず、おちずさんも幸せだったんじゃあないのかねえ」

五年前におちずが亡くなった時は、六右衛門達は言うに及ばず、町中の年寄達がつくづくと言った。

清蔵は、それだけで、

「まずおれの一生は、清之助のお蔭でめでたしめでたしだったよ」

と、口癖《くちぐせ》のようにありがたがったのだ。

その清之助がしくじったのは不運もあった。

清之助の唐傘の評判を聞いたさる大名家が、まとまった数の唐傘を注文してき

たのだが、国元の財政が飢饉《ききん》と重役達の不正によって混乱を極め、

「この後は、それなりの数を絶《た》えず揃えておくがよいぞ」

と、申し付けられていたのが、俄《にわか》に差し止めになってしまったのだ。

安価な物ではなかったので、在庫を抱えると、たちまち金繰りに困るようになった。

既《すで》に定紋入りの品物を多数拵えていたので、これを転売することもままならない。

「まあ、商いには、ここぞと勝負をかけねばならない時もあるでしょう。その勝負に、いつも勝てるとは限りません」

六右衛門は、しかつめらしい顔で、善兵衛を見つめた。

「わたしなどは、勝負をかけた覚えもございませんが、そういうものなのでしょうねえ」

善兵衛は、六右衛門の意図が呑《の》み込めた。

「この六十両を、清之助さんの手に渡るようにしたいと仰《おつしや》るのですね」

「何か好い理由をつけて、渡るようにはできませんかな」

六右衛門は、ゆっくりと頷いた。

五

善兵衛は嘘《うそ》をつけない男であった。

〝正直善兵衛〟というのが、彼が得た称号で、それゆえに大家として敬愛され、地主の田辺屋宗右衛門からの信頼も厚い。

件の老人四人組が金を預けたのも、善兵衛ならではのことだ。

善兵衛は、六右衛門の申し出を、もっともなことだと思った。

今まで貯まった金は、用心のためにすべて田辺屋に預けてあるが、金は眠らせていても仕方がない。よい使い道があるならば、世の中に出ていった方がよい。

何よりも、親友の店が苦境に陥《おちい》っていると知り、その六十両をそこへ注《つ》ぎ込もうとする六右衛門の想いには納得がいく。

六右衛門は、何か好い理由をつけて、金が清之助に渡るようにしてやってくれと言った。

その理由を考えるのに、秋月栄三郎にまず相談しようかと思った善兵衛であったが、

――それも先生にとっては迷惑な話だ。

と、思い止《とど》まった。

どんな理由をつけても、六十両という大金が渡るのだ。

聡明《そうめい》な清之助ならば、その金がどこから出ているかすぐにわかるであろう。

下手《へた》な小細工《こざいく》をすれば、話がこじれる恐れもある。

はっきりと、清之助に会って、

「あのお金はわたしがいつでも動かせます。もしも金繰りにお困りなら、それに充《あ》てればいかがでしょう。清之助さんのことです。急場をしのげば、六十両の金くらいすぐに戻していただけるでしょう。そっとお戻しくだされば、わたしもまた、そっと戻しておきましょう」

そのように伝えることにした。

店が窮地に立たされていると知ったのは、

「六右衛門さんが、随分と案じておられましてね。ここだけの話なんだが、どうも不運が重なって、店のやりくりが思わしくないようだと、そんな話をされたのですよ……」

などと説明しておけばよかろう。

いくら正直者でも、清蔵だけには内緒にしておかねばならないのはわかっている。

善兵衛とて、大家のような難しい仕事をこなしてきたのである。こういう差配には慣れていた。

まず、清之助の店に唐傘を買いに行った。

「いくつか買い置きをしてあるのですがね、雨の日になると誰かが持っていったまま返しやしない。二本ほどいただいておきましょうかねえ。あまり好い傘でなくてようございますから……」

店の者とそんな話をしていると、清之助が善兵衛の姿を認めて出て来て、

「ああ、これは善兵衛さんで、お久しぶりでございます」

と、如才《じょさい》なく迎えた。

それほど顔を合わす機会のない二人であるが、福松、岩次郎と葬儀が続き、このところは何度も挨拶を交わしていたので、互いに親しみが増していた。

「わざわざこんなけちな客に、声をかけてくださらずともようございますよう」

善兵衛は頰笑むと、

「ご隠居さんは、ご息災で？」

「はい、お蔭様で。今は海を見に出ております」

「それはようございますな……」

清蔵が出かけているのはわかっていた。

その間隙《かんげき》をついて、清之助に話を持ちかけようと思ったのだ。

善兵衛は傘を求めると、外まで送り出す清之助に、

「清蔵さんがお出かけならちょうどよかった……」

俄に思い出したように言った。

「と、申しますと？」

清之助は、怪訝《けげん》な表情を善兵衛に向けた。

小町と呼ばれた母親譲りの整《ととの》った顔立ちが翳《かげ》っていた。口許に浮かぶ哀愁を見ると、

——案ずることはない。この人はきっと立ち直るに違いない。

六十も半ばになった善兵衛は、自ずと彼なりの人相見が出来るようになった。

口許に哀愁が漂う人には必ず守護神が現れる。この男になら、安心して金を託《たく》すことが出来ると確信したのだ。

「余計な話かもしれませんが、六右衛門さんが、清之助さんのことを、いたく気

になさっておいでですしてねえ」

　店の表で、善兵衛は声を潜《ひそ》めた。

「六右衛門の小父さんが？」

「はい……」

　清之助は、すぐに六右衛門の心配を察したのであろう。

「そうですか……」

　ひとつ頷くと、

「そこまでお送りいたします……」

　善兵衛と肩を並べて歩き出した。

「手前共の商いのことですね？」

「はい。色々と不運が重なって、今は苦しい時ではないのかと」

　清蔵は、清之助に跡を託したのであるから、店がどうなろうと、自分は満足なのだと言っているようだが、六右衛門にしてみれば、とても黙って見ていられるものではないようで、

「それはもう、いてもたってもいられぬご様子でして」

　善兵衛は低い声で言った。

「そうでしたか。それでいて無闇《むやみ》にその話をすれば親父殿と喧嘩になるかもしれないから、そっと善兵衛さんに伝えたのですね」

清之助は、にっこりと笑った。

「そんなところです。とはいえ、それを知れば、わたしも黙っていられなくなりまして、つい清之助さんに……」

善兵衛は頭を掻《か》いた。

「それはご迷惑をおかけしました。善兵衛さんなら、上手くわたしに伝えてくれるだろうと、小父さんも思ったのでしょう」

「もちろん、このことは誰にも言ってはおりません」

「わたしはまったく気にかけてはおりませんのでお気遣いは何卒《なにとぞ》ご無用に。今度のことは、好い戒《いまし》めとなりました。確かにうちのような小さな店は、一度おかしくなると、立ち直るのになかなか刻《とき》がかかりますが、かえって力が湧いてきました。大事はございません」

清之助は、淡々とした口調に、力を込めた。

「そうですか。それを聞いて、わたしも安堵いたしました。六右衛門さんにも、それとなくお伝えしておきましょう」

善兵衛も、ほっと息をついた。

しかし、ここからが本題であった。

「とはいうものの清之助さん」

「何でしょう」

「商いの立て直しは、少しでも早い方がよろしゅうございますぞ」

「はい……」

「今は、金繰りが大変でございましょう。どうですか？　わたしは、行方が定まらない六十両のお金を預かっております。これをそちらに廻しますから、当座のやり繰りにお使いになっては……？」

「六十両……」

「はい。利息もつかない金でございます。今の清之助さんにとっては、何よりの妙薬となりましょう」

「ありがとうございます。六十両あれば、大助かりでございます。しかしそのお金は、うちの親父殿が、六右衛門の小父さん達と、毎年かけていたお金ですね」

「はい。そのお金でございます。どうせ眠ったままの金子でございます。そっとお預けいたしますから、またそっとお戻しくだされば、それでよろしゅうございましょう」

「なるほど……」

清之助は、これも六右衛門が絵を描いたことに違いないと、すぐに察したのであろう。少し思い入れあって後、

「ありがたいお話ですが、それはお借りできません」

きっぱりと言った。

「どうしてです？　このお金を使ったことがもし露見したとしても、清蔵さんも六右衛門さんも怒りはしないでしょう」

善兵衛は、こうして話すうちに清之助の返答を予期していたが、それでは六右衛門に対して面目《めんもく》が立たない。

「お金は、生かしてこそ値打ちがあるものだと、田辺屋の大旦那《おおだんな》様は、かねがね仰っています。わたしもその通りだと思うのですがねえ」

と、もう一押ししてみた。

しかし清之助は、

「わたしのような者が、善兵衛さんほどのお方に真に口はばったいことを申しますが、お金は生かしてこそ値打ちがある……、その通りでございます。そして、

あの六十両は立派に生かされております。そうではございませんか……」

と、頭を下げながら言った。

「うーむ、なるほど……。清之助さんの言う通りでございますねえ」

善兵衛は、そう言われると一言もなかった。

確かにあの六十両は、ただ眠っているわけではなかった。

子供の頃からの付合いで、肉親以上に深い絆《きずな》で結ばれた男達四人の明日への夢が、金子の中に籠っているのだ。

「先発つおれを許してくんな」

毎年一両を貯めることで、残された者へ想いを馳せる。

男達の稚気《ちき》に溢《あふ》れた友情の証《あかし》なのだ。いくら金に困っていても、この金に手を付けることなど出来ないと、清之助もまた男気を見せたのだ。

「いやいや、これは本当に余計なことを申しました。お気に障《さわ》ったならお許しください」

善兵衛は、清之助に詫《わ》びた。

「とんでもないことでございます。このお気遣いは一生忘れません。ありがとうございます」

清之助は恐縮した。

「ひとつ申し上げておきます。大したお役にも立てませんが、わたしは清之助さんのお力になるつもりでおりますので、いつでもお声をかけてください」

善兵衛は、そう言い置いて清之助と別れた。肝心の金子は渡せなかったが、実に晴れやかな気持ちであった。

六

善兵衛は、この一件において秋月栄三郎の力を借りずにすませてよかったと思った。

清之助が、そこまで肚《はら》を決めているのならば、栄三郎が動いたとて、どうなるものでもなかったはずだ。

手を煩《わずら》わせずにすんで幸いであったのだ。

そうして、すぐに六右衛門の許へ訪ねて、

「清之助さんには、あっさりと断られてしまいましたよ。いやいや、なかなかに骨のあるお人ですねえ」

と、この度《たび》の仕儀《しぎ》を報せた。

「そうでしたか。それはご足労をおかけしましたな」

六右衛門は、丁重《ていちょう》に善兵衛を労《ねぎら》ったが、

「清之助は、清蔵の頑《かたくな》なところを受け継いでしまったようで、これは困ったものですな。心意気は大いに買うが、そんな想いだけで、商いは成り立ちませんよ」

と、渋い表情を浮かべたものだ。

どことなく思い詰めた様子であったので、善兵衛は心に引っかかりを覚えていたのだが、それから三日も経たぬうちに、善兵衛の許に今度は六右衛門の息子の七兵衛《しちべえ》が訪ねてきて、

「あれこれと、うちの隠居が、ご迷惑をおかけしたようですが、もう少しだけ、お付合いをいただけませんか」

と、申し訳なさそうに言った。

日頃は清蔵のことを、

「あいつは馬鹿で頑固だ……」

と、こき下ろす六右衛門であるが、彼もまた若い頃は馬鹿騒ぎを誰よりも好

み、一度へそを曲げると、てこでも動かないところがあった。

つまり類は友を呼ぶわけであるが、清之助といい、七兵衛といい、息子の方は穏《おだ》やかで話のわかる壮年の男となっている。

清之助と比べると、七兵衛はそれほど才気に充《み》ちているわけではないが、商いは手堅く、地味ながらも家業の提灯屋の身代を着実に大きくしていた。

六右衛門は意外に商いには慎重、堅実で、そのよいところを受け継いだと言えよう。

謝《あやま》りつつも、善兵衛に、もう少しだけ付合ってくれと言う辺りも、なかなかにしたたかである。

「ひょっとして、清蔵さんと何かやらかしましたかな?」

善兵衛は、七兵衛が訪ねて来た時から、胸騒ぎを覚えていた。

案に違《たが》わず、

「はい。あの、お預かりいただいている六十両のことで、清蔵の小父さんと大喧嘩になったのです」

七兵衛は、その相談に来たのであった。

「やはり騒ぎが起こりましたか」

「はい。善兵衛さんがそれとはなしに、清之助さんに話を持っていってくださったものの、清之助さんは遠慮されたそうで……」

「それで今度は、六右衛門さんが正面切って乗り込んだわけですね」

「お察しの通りです。この六十両は一旦お前に預ける、などと……」

「で、清蔵さんがふざけたことを言うなと怒ったわけですね」

「はい」

「それは大変だ……。かくなる上は、わたしでも手に負えません……」

「栄三先生にご相談、ということになりますか？」

「七兵衛さんは物わかりがよろしゅうございますな」

「どうか、先生の許へ、お連れいただけませんでしょうか」

結局、善兵衛は七兵衛を連れて、再び秋月栄三郎を訪ねた。

栄三郎は、岩次郎が亡くなった時から、一波乱も二波乱も起こるであろうと見ていたので、まるで落ち着いていて、

「いやいや、それにしても、ご隠居達は大したものだ。友の死に落ち込んでいるばかりではなく、喧嘩を始めるのだから。ははは……」

これならば、ますます長生きは間違いなしだと笑いとばした。

「先生、七兵衛さんにしてみたら、笑いごとではござりませぬぞ」

それを善兵衛が窘《たしな》めた。

「ああ、これは御無礼……」

口を押さえる栄三郎を見て、

「いえいえ、むしろ笑いごとにしてやってくだされば何よりにございます。あの二人は、昔から喧嘩をしてばかりおります。今度のこともすぐに収まるとは思っています」

七兵衛は、栄三郎の笑顔を見ているうちに、おかしさが込み上げてきて、肩の力が抜けてきたようだ。

——さすがは〝取次屋栄三〟だ。やはり、清之助さんに会う前に相談しておくべきであった。

善兵衛は舌を巻いた。

初めてこの町へ来て、手習い師匠を始めた頃は、捉《とら》えどころのない極楽蜻蛉《ごくらくとんぼ》にしか見えなかったが、手習い子を通じて町の者達の心を捉えると、

「栄三先生、栄三の旦那」

たちまち、町になくてはならない存在となった。

不思議な男ゆえに、ある日突然町からいなくなるのではないかという不安は妻を娶《めと》り、子を生《な》したことで払拭《ふっしょく》され、親の代からの家守である善兵衛すら、今では栄三郎の顔を見ると安心を覚えるのである。

「わたしも、何度かご隠居達とは酒も酌み交わし、同じ話を聞かされたものですが、六右衛門さんと清蔵さんの喧嘩は、喧嘩というより、子供のじゃれ合いのようなものです。すぐにまた仲直りをするでしょう。だが、ぐずぐずしていると、仲違《なかたが》いをしたまま、どちらかがぽっくりいくようなことになりかねない。そうなると悔やんでも悔やみきれませんからねえ」

栄三郎は、そんな言葉で七兵衛と善兵衛を落ち着かせると、胸を叩いてみせた。

七兵衛は大いに喜んで、

「これは、些少《さしょう》ではございますが、当座のご入用に……」

と、二両を差し出した。

「これは忝《かたじけの》うござる。では用度《ようど》に充てさせていただきましょう」

栄三郎は、軽く押し戴《いただ》くと懐《ふところ》にしまった。

何度も〝潮干狩り〟の話を聞かされて、それを初めて聞くような顔をしてきた、苦労の甲斐があったというものだ。

取次屋の仕事が忙しいのはありがたい。

妻の久栄が、冬になって体調を崩しがちで、何か滋養のある物をとらせるべきだと、かつて岸裏道場で同門であった医師・土屋《つちや》弘庵《こうあん》と相談しているところである。

懐が暖かいのは何よりだ。

栄三郎は、善兵衛と七兵衛が帰ると、又平を呼んで、

「清蔵、六右衛門のご隠居二人が、近頃どんな動きをしているのか、まず当っておくれ。おれはひとまず六右衛門爺様に、会いにいくとしよう」

と談合をしたものだが、

「安請け合いをしたが、年寄の心が一旦捻《ね》じ曲がると、こいつを真っ直《す》ぐにするのはなかなか難しいぞ」

これは一筋縄ではいかぬであろうと、二人で気合を入れ直したのである。

七

「清蔵め、あんなわからず屋とは思わなんだ。七十年も奴を見ているが、あそこまで人の気持ちを踏みにじるとはな……」

六右衛門は、憤懣《ふんまん》やる方ない。

善兵衛を通じて、清之助に件の六十両を渡そうとしたが失敗に終った。

清之助の心意気は、なかなかのものではある。それはそれで嬉しかった。

息子として、父親が友情の証にと積み立ててきた金に手は出せないと、金繰りがいかに辛くともこれを突っぱねる。

清之助の意地はこれで立ったはずだ。

そこで今度は六右衛門自《みずか》らが清蔵に会い、

「お前の倅が立派なのはよくわかった。この上はお前が上手く立廻って、あの六十両を清之助に渡るようにしてやるがいいさ」

と、告げたのだ。

清蔵の店が危機に陥っていると知った時、六右衛門は福松、岩次郎にも内緒にして、出来る限りの援助をしようと清蔵に申し出ていた。

しかしその時も、

「気持ちはありがたいが、商いのことでお前とは貸し借りをしたくはない」

と、清蔵は断った。

それゆえに、清蔵の気を少しでも楽にした上で金が渡るようにと、六右衛門にしてみてもこんな手の込んだことをしたのである。

「わかったよ。お前がそこまで言ってくれるのなら、清之助が何と言おうとこの金はほんの少しの間だけ、使わせてもらうよ」

などと言って、親友の情に甘えればよいではないか。

しかし清蔵は、開口一番、

「六右衛門、お前は何てことをするんだ。あの六十両は、おれの金でもねえし、お前の金でもねえんだぞ。福松と岩次郎と四人で貯めた金なんだ。それをお前、勝手に使おうとするなど、とんだ了見違《ちげ》えだ」

けんもほろろにはねつけた上に、

「そういやあ、この前、善兵衛さんが店に来て、清之助と何やら話し込んでいたと聞いたが、もしやお前、善兵衛さんをそそのかして、六十両を使い込もうとしたんじゃあねえのか……」

六右衛門も強く詰《なじ》ったのである。

さすがに六右衛門も頭にきて、

「やい清蔵、何てこと言やがるんだ。おれは手前《てめえ》の懐に入れようとしたんじゃあねえや。そっくりお前の息子の手に渡るようにと、ちょいと動いただけじゃあねえか」

と言い返せば、

「金がどこに渡ろうが、おれがくたばってもいねえのに、お前が勝手に動かすってえのが気に入らねえ」

「おい清蔵、考えてもみろ、おれとお前が生き残ったってことは、あの金はおれのものになるか、お前のものになるかのどちらかなんだぞ」

「そいつはわかってらあ」

「そんなら、おれがいいと言っているんだから、お前が使えばいいじゃあねえか！」

「お前がいいと言っても、福松と岩次郎がどう思っているかわからねえだろ！」

「そんならお前、あの世に行って、二人に訊《き》いてきやがれ！」

こうなれば売り言葉に買い言葉で、話にならない。

「言っておくが、おれはまだしばらく達者でいるつもりだ。その間に、お前の店がもたなくなってもしらねえからな。この頑固爺《じじ》ィが！」

六右衛門は、ついにその捨て台詞《ぜりふ》を残して帰ってきたというわけだ。

店で言うのも何だと、六右衛門は清蔵を外へ連れ出して、鉄砲洲の浜辺で話を切り出したのだが、この辺りには二人をよく知る者が多い。

たちまち、喧嘩は噂《うわさ》にのぼり、浜風に乗って水谷町に広まった。

清之助も七兵衛も、これはきっとあの六十両のことで揉《も》めたのだと察したものの、清之助は既に善兵衛の申し出を断っていたし、そのことは清蔵に言わずにいた。

それゆえ、そうと知りつつも、清蔵には何も問わなかった。

しかし七兵衛の方は、清之助が金繰りに困っていることを聞き及んでいるし、父・六右衛門がそれに頭を痛めているのもわかっている。

「お父つぁん、親父殿、清蔵の小父さんと喧嘩をしたのかい？　気持ちはわかるが、清之助さんはしっかり者だ。あんまりやいのやいのと言わずに、見守ってていてあげればいいんじゃあないのかい」

と、諫《いさ》めた。

言われてみればその通りなのだが、

「年寄は気が短けえんだよ。お前もおれの歳《とし》になればわかるさ」

と言って、奥の隠居部屋に引っ込んでしまったのである。

「七兵衛め、ちょこざいな口を利《き》きよって」

六右衛門は、息子の成長ぶりに内心では満足していたが、福松と岩次郎の突然の死が、彼に大きな動揺を与えていた。

自分が死ねばいいが、清蔵が先に逝ってしまえば、いくら自分が、

「この六十両を使っておくれ」

と言ったとて、父親の死によって入ってきた金を、清之助は快《こころよ》く使うとは思えない。

生き残った者がそっくり受け取る。

そんな取り決めも、二人になってしまえば、何もおもしろくなくなってしまった。

そんな積立をしたお蔭で、清蔵と喧嘩せねばならなくなったとは、何と情けないことであろうか。

四人で町を闊歩《かっぽ》した頃は、金のある者が出し、金の無い者は仲間のために体を張って遊んだものだ。

家業を継ぐ歳になれば、

「困ったことがあれば、互いに遠慮なく言い合って、四人で助け合おうじゃあねえか。お前の店はおれの店、おれの店はお前の店だ。一軒とて潰《つぶ》しちゃあならねえ」

四人で盃《さかずき》を交わし、誓い合った。

それも息子の代になれば、隠居の身はただ手をこまねいて見ているだけしか道はないのか。

ぽっくりと逝った福松と岩次郎が、六右衛門には羨《うらや》ましかった。

「こうなりゃあ、おれが先に死んでやる」

六右衛門は捨て鉢《ばち》になり、手始めに酒に溺《おぼ》れてやろうと思った。

秋月栄三郎がすっぽんを携《たずさ》えて訪ねてきたのは、その時であった。

「いやいや、珍しい物が手に入りましてな。日頃、馳走《ちそう》になってばかりなので、お届けしようと思いましてね」

七兵衛は、六右衛門の返事も聞かずに、栄三郎を部屋に通したので、六右衛門

は、

——倅め、栄三先生に泣きつきよったな。

すぐにその意図を見破ったが、そもそもが秋月栄三郎贔屓《びいき》の六右衛門である。七兵衛が栄三郎に相談した気持ちがわかるだけに、叱りつけはしなかった。

好物であるすっぽんを手に、栄三郎が賑《にぎ》やかに入ってくると、それはそれで楽しくなって、

「栄三先生、すっぽんとは嬉しゅうござりますな」

まずは笑顔で迎えた。

それでも、秋月栄三郎とすっぽん、いくら好物を並べられても、すぐに機嫌が直るものではない。

「だが先生、清蔵との仲を取り次ぎにおいでになったのならば、生憎《あいにく》それはできぬ相談でございますよ」

と、まずは釘《くぎ》を刺した。

「ははは、これは見透かされておりましたかな」

栄三郎は、まるで悪びれず高らかに笑った。

つい、その笑顔に吸い込まれそうになるのを六右衛門は堪《こら》え、

「そんなことだろうと思いましたよ。先生は油断も隙《すき》もならねえお人だ」

努めて深い顔の皺に険《けん》を浮かべてみせた。

「ならば、今日のところは、すっぽんを置いて退散いたしますかな」

栄三郎は、今日のおとないですべてを決めてやろうとは思っていなかった。

悪童が大人になって家業に身を入れ、年老いてからは人の世話にも努めた七十五歳の老健が相手である。

怒った時の、折れて曲がった心の内には、そう容易く入り込めないのは、大坂の父・正兵衛を思えばよくわかる。

こういう時は、あっさりと引いた方がよいのである。

「まあ、せっかくお越しくださったのです。退散などと仰らず、寂しい年寄に、何かおもしろいお話をお聞かせくださいまし」

六右衛門も、引かれると止めたくなる。

「おもしろい話ですか。おもしろい悪戯《いたずら》なら考えてきたのですがねえ」

栄三郎は、ここぞと六右衛門を引きつけた。

「おもしろい悪戯？」

こんな話をされると六右衛門は、いたって興をそそられる。

「清蔵の御隠居に仕掛けるのです」

「奴に？」

六右衛門は顔をしかめた。

「ええ。わからず屋を少しばかり驚かせてやるのですよ」

「あんな奴のことはもうどうでもいい……」

「そうですか。おもしろいと思うのですがねえ」

「どうやって驚かせるのです？」

「六右衛門さんが死んだふりをするのですよ」

「わたしが死んだふりを？」

「そうです。俄に工合《ぐあい》が悪くなって、明日をも知れぬ様子だと、清蔵さんを呼びにやらせる。喧嘩をしていても、清蔵さんのことだ、慌てて駆《か》け付けますよ。そこで死んだふりをします」

「確かに奴は驚くでしょうな」

「死んでしまったということは、その場で六十両は清蔵さんに手渡される。それを見極めて、いきなり六右衛門さんが生き返るのです」

「もっと驚くでしょうな」

「そこでこう言います。〝おれは一旦死んだんだ。それが生き返ったからといって、お前に渡った六十両を戻せ、なんてけちなことは言わねえ。何が何でも金は受け取らねえぞ！〟、ここまですれば、清蔵の御隠居も折れるでしょうよ」

栄三郎は、にこりと笑った。

六右衛門は体を揺すって、

「さすがは先生だ。おもしれえことを考えなさる……。ははは、死んだふりをねえ」

「はい。白装束に着替えますか」

「白装束にねえ。そいつはおもしろそうだが……」

六右衛門は、笑っていたかと思うと、一転して表情を硬くして、

「あの馬鹿のために、そこまでする気にはなりませんよ……」

怒ったように言った。

「駄目ですか……」

「先生、おもしろい悪戯だとは思いますがね。わたしはもう七十五ですよ。ちょっと悪戯が過ぎるでしょう」

「それは確かに……」

「だが先生、お蔭で退屈しのぎになりましたよ。年寄の世話を焼いても、先に続く話でもなし、まあ、うっちゃっといてやってくださいまし」

「う〜む、よくわかりました。へへへ、また出直して参ります」

栄三郎は打つ手がなく、すっぽんを置いてすごすごとその場を引き下がった。

長居は無用であった。

「せっかくですから、すっぽんで一杯やりましょう」

などと言われたら、余計に面倒なのである。

八

六右衛門と清蔵は、同じ話を繰り返すその辺りの老人と同じではあるが、稚気がある点では群を抜いている。

年寄だからといって、おれ達は引っ込んでいないぞ。おもしろいことは、何でもこなしてやろうという気力がある。

秋月栄三郎は、付合いがあるだけにそれがわかるから、二人のその部分をくすぐってやろうと思ったのだが、縁と友情が深過ぎるゆえに、決裂してしまうとそのような想いにもなれないようである。

六右衛門が駄目なら、清蔵の懐の内に入って、上手く二人を和解に導けばよいのだが、七十年の付合いである六右衛門すら、清蔵の頑固を解きほぐせないのだ。

栄三郎にしてみても、清蔵が何故《なぜ》そこまで頑になるのかがよくわからなかった。

親友四人で始めた積金の遊びが、自分の店のことで決まりが破られるのが堪らなく嫌なのであろうか。

老人二人を、栄三郎と松田新兵衛に、又平と駒吉に置き替えて考えてみると、親友に迷惑をかけたくない気持ちはよくわかる。

しかし、親友の危機を黙って見過ごせるはずはない。

相手の案ずる気持ちに、時として応えることもまた友情ではないか——。

栄三郎と又平の考えはそこへ行きつく。

「清蔵爺さんは、どうしてそこまで意固地になるんでしょうねえ」

又平は首を傾げるばかりだが、

「いつ迎えが来るかわからない歳になると、貸し借りをきれえにしておきたいんだろうな」

栄三郎は熟考の末に、そこに辿《たど》り着いた。

新兵衛に対しても、駒吉に対しても、借りを作れば、この先何かで返そうという気持ちがある。そしてそれは、自分達には返せる未来があるから思えることなのであろう。

親友であるからこそ、死に臨んで、何かを借りたままでは心苦しいと、老年となって清蔵は強く感じるのに違いない。

福松と岩次郎の突然の死が、清蔵のそんな想いをさらに強くしたのだ。

「つまるところ又平。おれ達もそれなりの歳になったが、まだまだ洟《はな》たれ小僧ってところなのさ」

「なるほど、そんなものですかねえ」

言われてみると、自分達にははかり知れない境地があるのだと、又平はよくわからぬままに頷いた。

いずれにせよ、六右衛門の懐柔に失敗したからといって、清蔵を宥めにかかるのは至難の業である。

さすがの栄三郎も、

「もう少し様子を見させてくれませんかな」

と、七兵衛に断りを入れると、策を練《ね》り直した。

頑固な老人を懐柔する方法としては、やはり情に訴えるべきところなのだが、両隠居は好い跡取りに恵まれている。

清蔵の店が上手くいってないといっても、六右衛門が騒ぎ過ぎているきらいがある。

まず、放っておけばよいことなのかもしれないが、それでは取次屋の面目が立たない。年寄が大喧嘩をしたのである。それを気に病《や》んで、明日どちらかが亡くなってしまうか知れたものではないのだ。

すると、六右衛門訪問の三日後に、又平が耳寄りな情報を仕入れてきた。

それを聞いた時。

「又平、でかしたぞ！　これで何とかなるだろう。だがよう、おれは泣けてきたねえ……」

栄三郎は、しみじみと感じ入り、

「まず七兵衛さんを、そっとここへ呼び出してくんな。それから清蔵の御隠居を連れ出して、六右衛門のご隠居の留守を見はからって、提灯屋に連れていくとしよう」

その夜は遅くまで、又平と談合に及んだのであった。

九
「六右衛門の奴は、昔からお節介でいけない……」

六右衛門と同じく、清蔵もまたぶつぶつと怒りを口にしながら、心晴れぬ日を送っていた。

「あの六十両には、どんなことがあっても手を付けずにおこうと誓い合ったのを、忘れてしまったのか」

秋月栄三郎の見立ては間違っていなかった。

清蔵は、六右衛門の厚意はありがたいものの、四人の誓いを破るきっかけを自分が作ったのでは後生が悪いと思っていた。

清之助はしっかり者である。商才にも長けている。今、息子に六十両を渡してやれば、商いは好転するであろう。

だが、借りた六十両をそっくり返金するのには、多少の刻がかかるであろう。

その間に、自分の命があるかどうかはわからない。今わの際に、あの四人で交わした約束を自分の店のために破ってしまった、などと悔やみたくはない。清之助が商いの勝負に出て、在庫を抱え、金繰りが苦しくなったとはいえ、それは清之助が自分の力で立て直せばいいのだ。

そのために、ただひとつの隠居後の道楽として収集していた茶壺《ちゃつぼ》をすべて質に出し、得た金をすべて清之助に渡してやったのだ。

その額だけで四十両ほどある。清之助にしてみれば、この上に件の六十両を借りたとなっては、息子としての面目もなかろう。

「六右衛門は、独りよがりが過ぎる。気を遣われる方の身が、どれほど心苦しいものかがわかっていねえんだ……」

商いには波があるものだ。荒波が押し寄せてきたからといって、そこに身を任せる駆け引きもまた、商人の醍醐味《だいごみ》だと思っている。

手堅く、身の丈に合わせた商いを信条とする六右衛門には、見ていられないのかもしれないが、

「まったく余計なお世話だ」

清蔵は気に入らないのだ。

それにしても、こんな時はどうして過ごせばよいのだろう。

道楽の茶壺もそっくり質屋に入れてしまった。六右衛門と喧嘩をすると、遊ぶ相手もいない。

福松と岩次郎がいないことがつくづくと寂しさを募らせる。

店を手伝ってやればよいのだろうが、清之助は今真剣勝負の日々を送っている。下手に隠居が首を突っ込まない方がよい。

となれば、行き先は鉄砲洲の海しかない。

もしや六右衛門と顔を合わすかもしれないが、自分の方から引っ込まねばならぬ謂《いわ》れはない。

この日も、内心どきどきしながら、一人で海を見に出かけると、そこで秋月栄三郎に出会った。

もちろん、栄三郎は清蔵の外出《そとで》に合わせて、海に現れたのだが、

「おや、今日はお一人ですか。一人で海を眺めるというのも乙《おつ》なもんですねえ」

ただ偶然を装って、声をかけた。

「先生……」

栄三郎のことだから、六右衛門との喧嘩を聞きつけて、様子を見に来たのでは

ないかとの警戒が清蔵の脳裏をよぎったが、孤独な年寄には、構ってくれる者の存在がありがたかった。

　ましてや栄三郎である。

　一時、色々な屈託《くったく》を忘れさせてくれる魅力がある。

　栄三郎は、まったく遠慮もなく、

「聞きましたよ。六右衛門のご隠居と大喧嘩したとか」

　大きな声で続けた。

　このところは、腫《は》れ物に触るようにされてきた清蔵には、それが心地よかった。

「ええ、そうなんですよ。あの馬鹿は先生と同じでお節介が過ぎる。七十年の間堪えてきましたが、もういけませんよ」

　歯切れよくこれに応えた。

　栄三郎はニヤリと笑って、

「まあ、この際わたしのお節介はご勘弁願いますよ」

　稲荷橋の袂《たもと》から、大きな帆船がゆったりと海の上をすべるように行き通う様子が見える。

真に雄大な風景である。些末《さまつ》なことに囚《とら》われている日々が、真に小《ち》っぽけなものに見えてくる。

「ここの眺めは、いつ見てもよいものですな。細々としたことに惑わされる毎日が、何とも情けなくなる……」

「まったくですな」

清蔵は、神妙に頷いた。

「わたしの見たところ、六右衛門のご隠居は、確かにお節介が過ぎます」

「そうでしょう」

「はい。あれでは、時に人を窮屈にさせてしまう」

「わたしはそれで、奴と喧嘩になったのでございます」

「わかります。あの人のお節介は度を過ぎている。ちょいとおもしろいものを見つけたので、見に行きませんか」

「おもしろいもの？」

「はい。見ればわかります」

「それは楽しみですが、いったいどこへ？」

「提灯屋の蔵です」

「六右衛門の家へ？」

「心配は無用です。ご隠居は朝から用があって出ているようですから」

「いや、そうだと言って……」

「七兵衛さんにも話は通してあります。清蔵の小父さんに見てもらって、親父殿に意見をしてやってもらいたいと言っているのですよ」

「六右衛門に意見などしても無駄でしょう」

「蔵の中のものを見れば、あのおやじさんを黙らせることができますよ。さあ、参りましょう」

栄三郎は、すたすたと歩き出した。

こうなると清蔵も、恐《こわ》いもの見たさについて行きたくなる。

大喧嘩をした後悔は清蔵の老体を苦しめていた。秋月栄三郎についていれば、和解の糸口が摑《つか》めるかもしれない。縋《すが》りつきたい想いが清蔵の心の内を占めていたのも事実であった。

京橋川沿いの道を水谷町へと辿る。

もう何十年も通ったが、喜びと哀《かな》しみを胸に抱えて歩く時は、いつも違う風景に見えた気がする。

路傍に咲く花、水面に姿を映す川魚、立木に止まる小鳥……。未《いま》だに気付いていなかったことが町には溢れている。

気がつけば、六右衛門の提灯屋の前にいた。

清蔵の姿を見つけた七兵衛が飛び出して来て、抱きつかんばかりに、

「小父さん、よく来てくださいましたねえ。うちの親父が、またお騒がせしたようで、相すみません。まったく余計なことばかりして困っているのですよ。まあ、ちょいと見てやってくださいまし。それでもって、腹が立ったらお許しくださいい……」

矢継ぎ早に言った。

渋い表情を浮かべながらも、どこか愛敬《あいきよう》が漂う風情《ふぜい》は、若き日の六右衛門そっくりだ。

「あ、ああ、七さん、おれの方こそ騒がせて悪かったね……」

清蔵は気圧《けお》されて、しどろもどろになった。

「そんなら参りましょう」

栄三郎はそんな清蔵を、店の蔵に導いた。

蔵といっても、物置小屋のようなものなのだが、その一隅に六右衛門が道楽で

集めた掛軸が入った箱など、骨董《こっとう》置場がある。

薄暗い蔵の中で清蔵はそれを見つけ、

「六右衛門の奴は、こういうがらくたを集めるのが道楽でしてねえ。偽物《にせもの》を掴まされているのに気付かずに、よく自慢をしたものですよ」

ふっと笑った。

「わかりましたよ。あいつはまた、とんでもない騙《だま》され方をしたのですね。はは、それでいて人の心配ばかりしているのですから、こいつは本当の馬鹿だ」

清蔵は、してやったりの表情を浮かべたが、

「いや、これはほんのご愛敬でしてね。御隠居に見てもらいたかったのは、こっちの棚《たな》に並んでいるものですよ」

栄三郎は、さらにその奥に設《しつら》えてある棚を指さした。

「ははあ、これは茶壺ですな。あの馬鹿、わたしの向こうを張ろうとしているなら、とんだ了見違いだ。わたしが集めていたのはこんな物ではありませんよ……」

と、言いかけて清蔵は口を噤《つぐ》んだ。

「こ、これは……」

そこには、清蔵が質に入れた茶壺がずらりと並んでいたのである。

十

「六右衛門め……」

清蔵は、どっと目から涙を溢れさせ、それからは言葉にならなかった。

六右衛門は、清蔵が店のために愛蔵の茶壺を手放すと、すぐにそれが人手に渡らぬよう、自分が買い戻していたのだ。

清蔵にはそれが一目見てわかった。

又平が仕入れてきた情報とはこれであった。

もうこの界隈の名物ともいえる年寄四人組の内の二人が、共にせっせと質屋通いをしているのだ。いくらそっと動いたとて目立たぬはずがない。

質屋は出雲町《いずも》にあり、通りすがりに二人の出入りを見ていた者がいて、ちょっとした噂になっていたようだ。

行くのに一刻《とき》（約二時間）ほどかかる、遠くの店に質入れすればよいのだろうが、そこは清蔵も歳である。

「質屋通いをしていることは、どうか内緒にしてくださいな」

と、店の者に告げておけばよいだろうと、さほど水谷町からは遠くない出雲町の質屋に行ってしまったのである。

湯屋や髪結床に行けば、こんな噂はすぐに耳に出来るものだ。

六右衛門も、そんなところで噂を聞きつけて質屋を訪ね、

「清蔵が茶壺を入れに来たら、それはすぐにわたしが請け出すから、くれぐれも流さないでおくれ」

と、伝えていたようだ。

清蔵がすぐに請け出しにきたら、

「ちょっと違う蔵に収めてありますので、明日またお越し願えますか？」

そう言っておいて、自分に報せてもらいたいと、茶壺を大事に自分の手許に置いていたのであろう。

「あいつは馬鹿だ。どこまでお節介なんだ……」

清蔵は泣きながら、親友をくさし続けた。

「わたしはねえ、六右衛門にはひとつ大きな借りがあるんですよ。わたしの女房だったおちずは、そもそも六右衛門が惚《ほ》れていた娘だったんです。奴はそんな素《そ》

振《ぶ》りをまるで見せなかったが、確かに惚れていたんですよ。あいつが何を考えているか、わたしにはすぐにわかりますからねえ。それなのにわたしは六右衛門が何も言わないのをいいことに、おちずと一緒になりたいと、親に話を進めてもらった……。その時、六右衛門は恨み言のひとつも言わないで、おちずちゃんは好い女だ。よかったじゃあないか……、なんて言やがるんですよ。だが、心の内は泣いていたに違いない。そのおちずとわたしの間に生まれた清之助が商いをしくじったからといって、どうして六右衛門の手を煩わすことができましょう。だから突っ張っていたっていうのに、あいつはこんなことまで……。馬鹿だ。馬鹿がつくほどお節介というのは、六右衛門のことでございますよ」

栄三郎も胸を熱くして、

「六右衛門のご隠居は、あなたのことが好きなんですよ。好きで好きで堪らないのですよ。まず、少々のお節介は許してあげたらどうなんです?」

ゆったりと嚙《か》み締めるように言った。

「許すも許さないもありませんよ……。ああ、栄三先生は、やはり油断のならないお人ですねえ。六右衛門を黙らせてやろうと思っていたのに、これじゃあ、奴に会ったって一言もありません。また、借りができてしまいましたよ。だが先生、よくぞ教えてくださいました。本当にありがとうございます……」

清蔵は、涙を拭《ぬぐ》いながらしみじみとして礼を言った。

「お前に貸しなど何もないよ……」

その時、蔵の入口で声がした。

しかめっ面《つら》をすることで涙を抑えている六右衛門がそこにいた。

その後ろには又平がいた。

――又平も、好い間合で連れてきやがった。

栄三郎はニヤリと笑った。

「六右衛門……」

呆然として見つめる清蔵の隣りで、

「これはご隠居、見つかってしまいましたか……」

栄三郎が空惚けて頭を掻いた。

「先生！　まったくお前さんは油断ならねえ。倅を上手くたらし込んで、蔵の中を暴くとはとんでもないことだ」

「ははは、これは勘弁してください。だがご隠居、誰か人を質屋へやらすとか、もう少し策を練るべきでしたな」

「それは確かに……。随分と目立ってしまったようです」

六右衛門も頭を掻いた。

「だが、わたしはちょっと泣かせていただきましたよ」

六右衛門は、照れくささをごまかすように、恐い顔で清蔵を見て、

「清蔵、おれがお前の女房に惚れていただと？　お前は未だに女房の自慢をする気なのか。そりゃあお前の女房は好い女だったが、惚れていたなら、お前なんかに先を越されるおれじゃあねえや。それになあ、おれこそお前に借りがあるんだよ」

「おいおい、おれの向こうを張るなよ」

「ようく聞きやがれ。お前は忘れているようだが、子供の頃に釣舟から落ちたおれを、お前は命がけで助けてくれたじゃあねえか」

「うむ？　そんなことがあったかな……」

「あった。あったんだよ。お前も物忘れがひどくなったもんだなあ。そのことがあってから、おれはお前に泳ぎを教わったんだ」

「そう言われてみれば……」

「ははは、いつまでも思い出していろ。こんな話は恥ずかしいから日頃は口にし

なかったんだよ」

「だがお前、子供の頃の話を持ち出されたって……」

「つべこべ言うんじゃあねえや。おれは確かにお前に命を救ってもらった。その恩義があるのさ」

「そうだと言って、この茶壺の礼は、いったいどうすればいいんだよう」

「それはお前……」

六右衛門が口ごもると、

「そのことについてはこうすればどうです？」

そこに栄三郎が割って入った。

「あの六十両を清蔵さんが一旦借りて、茶壺の代金を六右衛門さんに支払う。借りた分は清之助さんに精を出して働いてもらって返してもらう。それでいいでしょう」

「うむ、栄三先生の言う通りだ！」

六右衛門は、にこやかに頷いた。

「どうあってもあの金を使えというのかい」

「ああ、そういうことだ！　清蔵、手前、観念しやがれ」

「だがよう、返せねえままおれが死んじまったらどうなる?」

「だから死ぬんじゃあねえよ!」

六右衛門の声が蔵の中にこだました。

「清蔵、この上、お前が死んだらどうなるんだよ。死なねえでくれよ……」

その声は、たちまち涙で詰まってしまう。

「わかったよ。わかったよ六右衛門、そうだな、死ななきゃあいいんだな」

後は言葉にならなかった。

六右衛門と清蔵は手を取り合って、おいおいと泣いた。

そして、泣き止んで肩を叩き合った時。

既に秋月栄三郎と又平の姿は、提灯屋の外にあった。

「金のことは善兵衛さんに任せておけばいいだろう」

「へへへ、後はもう勝手にしてくれってところですねえ」

「又平、いくつになっても友達ってのは好いもんだな」

「へい。仲違いしていたって、ちょいと突っつけばあんな風に……」

「だが、何だなあ。こうしてみると、おれは新兵衛より早く死にてえなあ」

「あっしも、駒吉より先に死にてえと、今思っておりやした」

「おれも四十になったというのに、まだまだわからねえことが多過ぎるぜ。まったく人ってえのはおもしれえなあ」

栄三郎の決まり台詞が出たところで、一陣の風がヒュッと吹き抜けた。

冬だというのに、それは妙に暖かく、懐《なつ》かしい香りを含んでいた。

第四章　夫婦《ふうふ》

一

春とは名ばかりである。

朝から江戸の町は、厳しい冷え込みに見舞《みま》われていた。

昼下がりのとある一室では、丸い陶器《とうき》の火鉢《ひばち》にかけられた鉄瓶《てつびん》が、〝シュンシュン〟と実に心地《ここち》のよい音を、五徳の上で奏《かな》でている。

温かな湯気の向こうには、妖《あや》しくまぐわう男女の姿があった。

男は三十半ばで引き締《し》まった体つき。大銀杏《おおいちょう》の髷《まげ》を見ると、それなりに身分のある侍のようだ。

女は三十前のふくよかな肢体が、何とも艶《なまめ》かしい。吐息《といき》を漏《も》らす度《たび》に赤い唇《くちびる》から覗《のぞ》く歯には鉄漿《かね》が付いている。

一幅《いっぷく》の浮世絵のように絡《から》み合う二人の姿は、侍と商家の女房が密通していることを、如実《にょじつ》に物語っている。

やがて情事がすむと、静かな時が訪れる。

「亭主との間に子はできなんだのか」

侍が、少しからかうように言った。

「どうだっていいじゃあ、ありませんか……」

女がけだるそうに応《こた》えた。

「質屋の娘のことだ。そっちの方も流してしまったか」

侍は体を揺すった。

「旦那《だんな》は、意地の悪いことばかり仰《おつしや》いますねえ……」

女の口調は、どこまでもけだるい。

侍はその様子を楽しむように、

「お前の亭主も間抜けだなあ」

「………」

「女房がこっそりと出合茶屋で、こんなことをしていることに、まるで気付いていねえのかい？」

侍は、言葉に険《けん》を込めつつ、女の体をまさぐった。

「さあ、どうなんでしょうねえ」

「何だそれは」

「気付いているかもしれませんねえ」

「何も言わねえのかい」

「あい……」

「婿養子《むこようし》の身で、女房に種《たね》も付けられねえから、遠慮しているってわけかい」

「さて、何を考えていることやら」

「そういう野郎は、思い詰《つ》めると何をしでかすかしれたもんじゃあねえや。気をつけねえとな」

「どうだっていいですよ」

「気のねえ返事だなあ」

「だって、旦那が二六時中傍《そば》にいて、わたしを守ってくれるわけじゃあ、ないんですから……」

「いっそ武士を捨てて、お前の亭主を殺して後釜《あとがま》に納まるというのもよいな」

「ふふふ、ご冗談を。旦那にそんなことはできっこありませんよ」

「今日はいたく詰《なじ》るじゃあねえか」

侍の物言いは、ますます伝法《でんぽう》になっていく。

「詰っちゃあいませんよ。旦那ほどのご身分の人に……。ただ、こんなことがいつまで続くのかと思うと、ちょいと溜息《ためいき》が出るのでございますよ」

「だから、おれとはそろそろ切れようってのかい？」

「さあね……」

「からかうのはよせ。こうなったからには、おれとお前は地獄までの付合いだ。嫌とは言わせねえぜ……」

侍は、声に凄《すご》みを利《き》かせると、力まかせに女を抱き寄せた。

鉄瓶の湯気がさらに沸き立ち、しばしことことと音を立て、やがて消えた。

侍と女は出合《あわ》茶屋を出た。

夕陽《ゆうひ》が辺りを淡く染めるまでには、まだもう少し刻《とき》があった。

家屋を囲む立木から出て柴垣《しばがき》の外へ並んで出る。

「またな……」

侍がニヤリと笑って左へ進む。

女は、嘆息して右へと進む。

その先に、互いに供の者を待たせているのであろう。

墓参や、仲間内との付合いだとかを理由に外出《そとで》をする。その時に何よりも気遣《きづか》わねばならないのが供の存在である。

それなりの身分の者が、外を一人で歩くことなどまずないからだ。

二人はそれぞれ、

「大事な話があるゆえ、お前はそこで待っていよ」

「お寺で休ませてもらうから、お前もたまには遊んでおいで」

などと言って小遣いを渡し、暗黙の内に、

「余計なことは何も申しません」

という言葉を引き出しているようだ。

別れ行く侍と女房は、もう何度も密会を重ねているらしい。

だが、その二人の姿を木立《こだち》の中からじっと見つめる男の姿があったことを、今しも情事を終えて帰る二人は知る由《よし》もなかった。

「ふん、好《い》い気なもんだぜ。こんな女を、このままにしておくわけにはいかねえや」

男は三十過ぎの痩《や》せぎすの遊び人風である。

「ちょいと脅しておくか……」

男は懐《ふところ》からひょっとこの面を取り出すと、頬被《ほおかぶ》りをした顔に着け、木立から出ると、足早に女の跡を追いかけた。

柴垣を曲がった突き当りに掛《かけ》茶屋があり、女がそこに供の女中を待たせているのはわかっている。

つまり、女はそこまでは一人なのだ。

迫り来る何者かの足音に、女はびくりとして立ち止まった。

そこは、芝田中稲荷《しばたなかいなり》の裏手で、出合茶屋が建っているほどに閑静《かんせい》な一画である。

柴垣や竹垣に挟《はさ》まれた細道が続き、まるで人気《ひとけ》はなかった。

女は密会の後だけに、恐《こわ》くなり、足音の主が過ぎ去るのを待ったのだ。

しかし横を通り過ぎた男は、すぐに女を振《ふ》り返った。

しかも、その顔にはひょっとこの面があった。

「何か用ですか？」

気丈に応えつつ、女は振り返って先ほどまで情を交わしていた侍の姿を求めたが、既《すで》に侍は立ち去っていた。

「ふふふ、間男はとっくに手前《てめえ》の家に帰っちまったよう」

男は面の下からそう告げると、

「ほらよ」

女に結び文《ぶみ》を差し出した。女がそれを恐る恐る受け取ると、ひょっとこは、

「ひひひひ……」

不気味な笑い声を残して駆《か》け去った。

女はほっと息をつくと、結び文を解《ほど》いて一読した。

〝女狐め　恥を知れ〟

と、書かれていた。

あまりにも気味の悪い出来事に、女は体を震わせながら、しばしの間その場に立ち竦《すく》んでいた。

二

世は文化八年（一八一一）を迎えていた。

水谷町の手習《てなら》い道場は、秋月栄三郎が、恋女房の久栄との間に授《さず》かった市之助と初めて迎える正月に、賑《にぎ》やかなことこの上もなかった。

妻子を得た秋月栄三郎は、

「だからといって、おれはいつまで経《た》っても取次屋栄三のままだよ」

と、公言しているものの、手習い師匠であり、頼れる剣客《けんかく》である彼を、町の者達は〝処《ところ》の顔役〟と持ち上げ始めていた。

「何かの折には、どうぞお力を貸してやっておくんなさいまし」

そんな言葉を引っ提《さ》げて、日頃から懇意《こんい》になっておこうと思う連中が、ひっきりなしに訪ねてきたのである。

「おいおい、ご新造《しんぞう》さんが疲れちまうだろうが。ちょっとは遠慮しねえか」

又平は、久栄の体を気遣って、客を上手《うま》くあしらって出直させたりしたものだが、

「大事ありませんよ。こうして来てくださる人をおもてなしすると、かえって力が湧《わ》いてくるというものです」

このところは、体の工合《ぐあい》が思わしくなかった久栄だが、その言葉通りに元気になり、栄三郎を安心させていた。

松の内も明けて世の中が落ち着くと、栄三郎は久栄を労《ねぎら》うために、市之助を又平に預けて浅草奥山《あさくさおくやま》へと出かけた。

ここに〝大松《だいまつ》〟という宮地芝居《みやちしばい》の小屋があり、かつては岸裏道場門下で弟子《でし》であった岩石大二郎《いわいしだいじろう》という十津川郷士《とつがわごうし》の倅《せがれ》が、役者となって出ているのだ。

大二郎は、そのいかめしい名とは一変した、河村文弥《かわむらふみや》という芸名で役者修行をしていたのだが、この二年はなかなかに好い役を勤めるようになっていた。

この度は、上方《かみがた》下りの役者を迎えて、師匠の河村直弥《なおや》と共に、近松門左衛門《ちかまつもんざえもん》作「大経師昔暦《だいきょうじむかしごよみ》」、所謂《いわゆる》〝おさん茂兵衛《もへえ》〟を芝居に改作した狂言に出ていた。

しかも、茂兵衛役に抜擢《ばってき》されて、

「わたしはもう、いつ死んだって構いませんよ」

と、興奮を隠せないでいた。

芝居好きの栄三郎だが、ちょっと前までは〝牛の足〟をやらされていた文弥が、本当に上手く勤められるのかが気になって、

「とても観《み》ていられるものではない」

そんな気分なのだが、弟弟子で、何度も取次屋の仕事を手伝ってくれたのだ、やはり小屋へ足を運んでやらねばならぬと、久栄を伴《ともな》い出かけたのである。

「まあ、宮地芝居のことだから、気楽に観ればいいさ」

などと栄三郎に促された久栄であったが、

「何を仰いますか。楽しみでございます」

と、大喜びで栄三郎に付き従《したが》い、浅草寺《せんそうじ》から奥山へ、賑やかな界隈《かいわい》を楽しみつつ、

「文弥さんを馬鹿《ばか》にされてはなりません。近頃は大層な評判だとか……」

と、〝大松〟での芝居見物には大いに興をそそられたようだ。

このところは、市之助の世話に追われていただけに、観終った後に芝居の話をするのが、夫婦にとっては新鮮で楽しい一時となった。

家へ帰り、市之助を寝かしつけてからも、久栄は芝居の道具の仕掛や、衣裳《いしょう》、小道具のことなど、気になったことを興奮気味に話したのだが、

「文弥さんのお芝居はよろしゅうございましたが、茂兵衛の役ではなかった方が、わたしはもっと嬉《うれ》しゅうございました」

栄三郎に、熱い燗《かん》をつけながら、そんな想《おも》いをも告げた。

「筋書が気に入《い》らないんだな」

栄三郎は、愛《いと》しげに久栄の顔を見つめた。

「どうも後味が悪うございます」

久栄は、少しすまなさそうな表情を浮かべて頷《うなず》いた。

「ふふふ、久栄らしいな」

「いけませぬか？」

「いや、ありがたい……。ははは」

〝おさん茂兵衛〟の物語は、姦通物《かんつう》である。

経師屋の女房おさんと、手代・茂兵衛の密通が描かれている。

井原西鶴《いはらさいかく》も、〝好色五人女《こうしょくごにんおんな》〟の中に取り上げ、広く人に知られた物語である。

天和《てんな》三年（一六八三）に、実際に男女が処刑された一件が基になっているだけに、久栄が〝後味が悪い〟というのはよくわかる。

近松門左衛門は、この密通が暗がりの中勘違《かんちが》いによって起こってしまった悲劇と捉《とら》え、そもそも二人にその意思はなかったという解釈を加えて、人形浄瑠璃《にんぎょうじょうるり》に仕立てたのであるが、

「それでも、人の妻に疑わしきことなど、あってはならないことだと思います」

久栄は、そう言うのである。

秋月栄三郎以外の男に気がいくことなどありえない——。

そういう想いを、芝居の感想を通じて伝えているわけであるから、

「いや、ほんにありがたい」

栄三郎としては、照れ笑いを浮かべるしかない。

あらゆる不遇が重なり、一時は苦界《くがい》に身を沈めていただけに、久栄の栄三郎に対する恋情は、彼女の生きる意味のすべてなのだ。

立てた操《みさお》は死んでも貫《つらぬ》き通す、その覚悟が血肉となって心と体に沁《し》みついている久栄には、密通物が受け付けられないのも頷ける。

――大二郎（文弥）の奴め。せっかくよい芝居だったというのに、我が妻が嫌いな狂言だとは、いかにもあ奴らしい。

ほのぼのとしたおかしみを覚えつつ、その夜は久栄を抱き締めながら眠りについた。

どこか儚《はかな》さが漂う久栄という女に、

「今はとにかく幸せであろう。幸せを貪《むさぼ》るように噛《か》み締めておくれ」

そのように伝えたかったのだが、言葉にするには、あまりにも白々しくて、ただ己《おの》が温《ぬく》もりを久栄に与えてやりたくなったのである。

狂おしくも、情愛に包まれた秋月家の年の始まりは、正しく春の到来を思わせ

る暖かさに充《み》ちていたのである。

そんな風に迎えた何度目かの朝。

栄三郎を一人の男が訪ねてきた。

男は三十半ばの商家の主風《あるじふう》で、富左衛門《とみざえもん》と名乗った。

出雲町の質屋〝玉出屋《たまでや》〟の主人であると言う。

その質屋は、あの唐傘《からかさ》・下駄《げた》屋の隠居《いんきょ》・清蔵が茶壺《ちゃつぼ》を入れて、それをすぐに提灯《ちょうちん》屋の隠居・六右衛門がそっと請け出すという騒動の舞台となった店であった。

三

「あれこれとお忙しいことでございましょうに、お手間をとらせてしまいまして、申し訳ございません」

居間に通すと、富左衛門は恐縮の体《てい》で頭を下げた。

供連れもなく、自《みずか》ら菓子折を手にやって来たようだが、立居振舞《たちいふるまい》が万事において慎《つつ》ましやかで、おっとりとしたふくよかな顔付きが、真面目《まじめ》で誠実な人柄を表していた。

　この日は、手習いが休みで、そのあたりのこともしっかりと下調べをして訪ねて来ているらしい。

「あれこれと、六右衛門さんと清蔵さんからお噂《うわさ》をお聞きいたしまして、一度お目にかかりたいと予々《かねがね》思っておりました」

　日頃は、質屋に出入りしている者の名を、無闇《むやみ》に外で口にすることはないのだが、あの二人の老人については、栄三郎の前で出したとて大事はなかろう……。

　富左衛門は、その気遣いも忘れずに述べ、

「それで、のこのことやって参った次第にございます」

　どこまでも控え目な態度を崩さなかった。

「いやいや、そのように畏《かしこ》まられても困ってしまいますよ。実は、わたしもどこかで一度、玉出屋の主殿に会《お》うてみたいと、思っていたところでしてな」

　栄三郎は、いつものように相手の緊張を瞬時に和《やわ》らげる笑みを投げかけた。

「左様《さよう》にございますか……」

「はい」

　栄三郎がそう思っていたのは事実であった。

あの清蔵と六右衛門が世話になったという、玉出屋という質屋に、栄三郎は随《ずい》分《ぶん》と興をそそられていた。

清蔵は、せっせと茶壺を質に入れに行ったわけだが、そもそも質をとる時は、置き主と請人《うけにん》の二人の判が必要となる。

しかし、清蔵は請人を立てたくはない。そこから話が広まるかもしれないし、質入れの理由を人に訊《たず》ねられるのも面倒《めんどう》であるからだ。

それを富左衛門は清蔵の話をよく聞いて嚙み砕き、唐傘と下駄を扱う店の様子も調べた上で、上手に段取りをつけてくれたという。

さらに、一定の期間は置いておくべき質草を六右衛門がすぐに引き取りたいと言ってきた時も、老人二人の間柄をよく判断した上で、六右衛門の思うようにしてやったのは、真《まこと》に気が利いた処置であったと言える。

ともすれば、お咎《とが》めを受けかねないことであるから、ただ真面目一筋で融通の利かぬ店主であれば、あのようにはいかなかったと思われる。

栄三郎は、隠居二人から話を聞いて、玉出屋の主人とはどんな男なのかと、気になっていたのである。

それを告げると、富左衛門は顔を紅潮させて、

「ははは、それは畏《おそ》れ入ります」

と、はにかんだ。

「御隠居の話から察すると、もっと俠客《きょうかく》の親分のようなお人かと思っていましたが、いかにも涼しげなご様子……。いや、真の商人というのは、主殿のような人なのでしょうねえ。こちらこそ、畏れ入ります」

栄三郎も威儀《いぎ》を正した。富左衛門には好感が持てた。

とはいえ、富左衛門がただ近付きになろうとして訪ねてきたとは思えなかった。

富左衛門もまた隠居二人から噂を聞いて栄三郎のことが気になっていたところ、何か身の回りに看過《かんか》出来ぬことが起こり、相談に来たのではないだろうか――。

栄三郎は、声を潜《ひそ》めて、

「それで、今日はどのような話を承《うけたまわ》ればよろしいのでしょう」

と、水を向けた。

既に茶を供した久栄も、顔合わせをさせておいた又平も、一間《ひとま》の内からは退《さ》がっていた。

「これもまた畏れ入ります……」

富左衛門は苦笑いで、姿勢を改めた。

「ちと、ご相談いたしたき儀がございます」

「それは、くれぐれも内聞《ないぶん》にしておかねばならぬことにござるな」

栄三郎は、相手を安堵《あんど》させるために、武士の物言いに改めた。

「はい。そのようにお願いできれば幸いにございます」

「承知いたした。決して他言するものではござらぬ」

富左衛門は大きく頷いた。きりりと引き締まった口許《くちもと》と、目の光の強さを見ると、ひ弱な男でもないようだ。

栄三郎は、ふと想いを巡《めぐ》らせて、

「不躾《ぶしつけ》ながら、元は武家の出では？」

と訊ねた。

「いかにも……。お恥ずかしゅうございますが」

「やはり左様で……。何の恥ずかしいことがございましょう。この栄三郎は、武家の真似事《まねごと》をしておりますが、元は大坂の野鍛冶《のかじ》の倅でござる」

頬笑《ほほえ》みかけると、富左衛門の口もなめらかになった。

「武士と申しましても、生まれながらの浪人でございまして、親の勧めで算学を学んだところ、これがなかなか性に合っていたようで……」

「相当に修《おさ》められたのでは？」

「まず一通りは。しかし、学問の道で方便を立てていくのは易しいことではございません。さて、何としようと思っていたところに、質屋への婿養子の話が持ち上がりました」

「なるほど、才覚と男振りを見込まれたのでしょうね」

元武士相手に、自分だけが武家風に喋《しゃべ》るのも気が引けてきて、栄三郎はいつもの口調に戻っていた。

富左衛門は、そういう気遣《たっき》いをせずとも、話の出来る男に思えた。そして彼の話には無駄がない。

「女房は、おことと申しまして、武家に興がそそられる女なのでございましょう」

ここで富左衛門は、皮肉な笑いを浮かべると、

「おことの父親も強く望むので、わたしは武士も学者への夢も捨てて、質屋の主となったのでございますが、おことは商人になったわたしには、もう用もなくな

ったようでございます」

溜息交じりに言った。

「相談というのは、そのあたりのことなのですか？」

栄三郎は、低い声で問うた。

「左様にて……。女房は、いずれかのお武家と、密《ひそ》かに通じているようなのです」

富左衛門は、神妙《しんみよう》に頷いた。

「真偽のほどは質《ただ》したのですか」

「いえ、女房を見張るのは気が引けますし、それを知るのは何やら恐ろしい。だが、おことがお侍と共に歩いている姿を見かけたという人がおりまして……」

冷静になって、じっくり考えてみたところ、やはりおことは密通しているのではないかという疑惑が大きくのしかかってきたという。

「心当りをこと細かにお伝えするのは、ご勘弁《かんべん》願いますが、そうとしか思えないのです」

こと細かに話したくない心当りとは、閨《ねや》でのことであるとか、外出が増えた、帳場の金が合わないことが時折《ときおり》見られるなど、そんなところであろう。

そこは聞かずともわかる。

「見ぬこと清し」

と、婿養子の身であるだけに、富左衛門は目を瞑《つむ》ってきた。

そもそもが、長く背負ってきた浪人時代の借金を、玉出屋が肩代わりしてくれての婿入りであるらしい。

金の恩義もあるし、おことは望まれて一緒になったものの、とりたてて、夫婦仲がよかったわけでもない。

長く一緒にいたとて、おことに懐妊の兆《きざ》しもなく、その意味では婿養子の責任を果しているとは言い難い。

死ぬほど惚《ほ》れ合って一緒になったわけではなかった。ただ、おことの気まぐれで、婿に入ったようなものだから、間男の影がちらついても、それほど腹は立たなかった。もう少し様子を見てみようか――。

心の内は千々《ちぢ》に乱れたが、結局はそこに思い至り、何も言わなかったのだが、

「先だって、庭でこんなものを見つけまして……」

富左衛門は、懐から手拭《てぬぐ》いを取り出して、広げてみせた。

そこには、小さな書付が挟んであった。

書付の端《はし》は黒く焦《こ》げている。どうやらそれは結び文のようで、

〝女狐め　恥を知れ〟

と、認《したた》められていた。

「これは……」

栄三郎の目に鋭い光が宿った。

「どこかで誰かが、おことに渡したようです」

庭で女中が焚《た》き火をしていた折、富左衛門は、おことが火の中に紙屑《かみくず》をそっと投げ入れたのを見かけた。

その時のおことの様子が、何やら思い詰めているように見えたので、富左衛門は気になった。

するとその刹那《せつな》、強い風が吹きつけ、件《くだん》の紙屑を火の外へと弾《はじ》き飛ばした。

「これ、火の用心をしないといけないよ……」

富左衛門は、女中を窘《たしな》めて庭へ降り立った。

おことは既に、母屋の内へと入っていた。どうやら、自分が投げ入れた紙屑が、火の外へ吹き飛ばされたことには気付いていなかったようである。

富左衛門が、飛んだ紙屑を拾い上げてみると、焼け焦げた書付に、この文字が

残っていたのだという。

「この書付を捨てた頃の御内儀《おないぎ》の様子は？」

「その少し前から落ち着かぬ様子で、今も何やら、心ここにあらずという風情《ふぜい》にございます」

「密通を何者かに見られて脅されているとか……」

「密通相手に、それをだしに脅されているとも考えられます」

富左衛門の言うことは、当を得ている。

「なるほど、ありえる話ですな」

話によれば、おことは武家に心が惹《ひ》かれる女のようだ。

しかし、武士にも色んな者がいる。世間を見渡せば、旗本、御家人にしたとて、役付きの律々《りり》しい侍もいれば、無役でやくざまがいの悪事に手を染めて暮らしている者も多い。

質屋の家付き娘であるおことなら、金も自由に動かせるかもしれない。上手くたらせば小遣いくらいは引き出せるのではないか。

そんな下心をもって、おことの気を引き、密通に及び、

「もう、おれとお前は一蓮托生《いちれんたくしょう》だ。この恋は命がけだぜ」

などと脅されて、それを拒《こば》めば嫌がらせにこのような付文《つけぶみ》をされるはめとなる――。

十分に考えられることだ。

富左衛門は神妙な面持《おもも》ちとなり、

「真にお恥ずかしいことでございますが、わたしの推測が当っていたとすれば、店に関わる話でございます。おことの父親は亡くなりましたが、好い人でございました。世話になった恩もございます。わたしとしては、このまま手をこまねいているわけにも参りません。ろくでもない女房ではありますが、思えば哀《あわ》れな女にございます。今はそっと見守り、助けてやりたいのです。どうか、お力をお貸しくださいませ……」

栄三郎に縋《すが》るような目を向けると、金包みを差し出した。

五両ばかり入っているようだ。

悪い仕事ではないが、どうも気分の乗らない一件であった。

しかし、話を聞けば富左衛門は気の毒である。

清蔵と六右衛門の一件では、富左衛門の気働きに助けられたところもある。

そのあたりのことを考えると、富左衛門を信じて動いてやってもいいだろう。

栄三郎は、しばし腕組みをして金封を眺《なが》めていたが、やがてにこりと頷いて、

「まず、噂の真偽を確かめてみましょう」

と、力強く応えたのである。

四

それから二日後の昼下がり――。

秋月栄三郎と又平は、増上寺《ぞうじょうじ》裏手の寺町を歩いていた。

つかず離れず歩く様子は、誰かの跡をつけている時のものである。

二人が見張っているのは、もちろん玉出屋の内儀・おことであった。

富左衛門から、今日の外出を知らされていた二人は、編笠《あみがさ》に着流し姿の浪人風と、紺木綿《こんもめん》の半纏《はんてん》、腹掛股引《ももひき》姿の植木職人風の装《よそおい》で玉出屋を窺《うかが》い、おことの外出と共に、歩みを進めた。

供にはいつもの女中を従えている。

おことが子供の頃から店にいて、一度嫁《とつ》いで出戻ったという。

行き場のない身には、おことだけが頼りとなる。それゆえ女中は彼女の言うこ

とには一切《いっさい》逆《さか》らわない。

　富左衛門にとっては、何よりも油断ならぬ内なる敵なのであろう。あらゆる世情に触れてきた栄三郎と又平であるが、いくら酸《す》いも甘いも噛み分けてきたとて、得心《とくしん》のいかぬこともある。

　特に男女の情に絡むと、生まれ持った純情が邪魔をする。

「まったく好い気なもんですねえ」

「ああ、浮気女の尻《しり》をつけ回すってえのは、何やら業腹《ごうはら》だな」

　尾行の間に、こんな会話が二人から聞こえくる。

　不義密通は、重ねておいて四つにされる大罪である。それを黙って見ている亭主の苦衷《くちゅう》はいかばかりであろう。

「何よりも、手前が婿に望んでおいて、また他の侍に現《うつつ》を抜かすとは、とんでもねえ話でございますよ」

　又平は、腹が立ってならないようだ。

「まあ、おれもそう思うが、とんでもねえ話があるから取次屋もあるってもんさ。ここはひとつ堪《こら》えて、とんでもねえ奴を探ってやろうじゃあねえか」

「へい。思い入れが強過ぎちゃあ、しくじりの元でやすねえ」

永井町《ながい》を過ぎた辺りで、おことは女中に銭《ぜに》を握らせると単身、右手の細道に入った。

女中は注意深く辺りを窺うと、足早にその場から立ち去った。

細道の向こうは、寺の土塀《どべい》と、趣《おもむき》のある料理茶屋らしき建物の柴垣や竹垣が両脇《りょうわき》に伸びる静かな小路である。

いかにも出合茶屋などがありそうな風情が醸《かも》されている。

人気のない、このようなところほど、跡をつけ辛《づら》い。

栄三郎と又平は、おことが道を曲がるまでは、そっとその場で見守り、姿が消えたと見るやその地点まで小走りに進む。

何度かそれを繰《く》り返すうちに、おことの前方に、一人の武士が立っているのを物陰から認めた。

おことは急ぎ足で武士の許《もと》へと駆け、やがて傍らの茶屋の中へと消えた。

栄三郎は、ゆったりとその茶屋の方へと歩いた。既に又平は近くの立木の上に登って、出合茶屋らしき件の茶屋を、じっと眺めていた。

そこからの刻がまったく退屈であった。

出合茶屋というものは、出入りが極力わかりにくくなっているので、一点を集中して見張るのに細心の注意がいる。

人気のない道に、じっと立っているわけにもいかないので、こまめに立位置を変えねばならない。

近くに、出入りを見張れる料理屋などがあればよいが、店があったとて、ことごとく木立や塀が視界を遮る。

おまけに、今頃二人は出合茶屋の中でよろしくいちゃついていると思うと、余計にむかむかとくるのである。

茶屋の様子によっては、又平なら中へ忍び込むことも出来るだろうが、昼下がりとなれば、さすがに人目が気になりなかなかに難しい。

栄三郎と又平は仕事と割り切り、一刻《とき》（約二時間）の間は交代で二人が出て来るのを見張った。

栄三郎は、逢瀬《おうせ》は一刻くらいと目星をつけていて、その後は又平と二人で見張ったのだ。

そしてこれがぴたりと当った。

物陰に潜む栄三郎と又平は、茶屋から出て来た二人の姿を目で捉えた。

はっきりとはわからないが、二人共に険しい表情を浮かべているように見えた。

そこからは、おことは放っておいて、栄三郎と又平は、武士の跡を追った。

おことの密通は、初めから確信していたものの、はっきりとその姿を見ると、二人は何ともやり切れなかった。

おことがその後、どんな顔をして女中と落ち合い、家へと帰るのか――。

そんな様子は見たくもなかった。

こうなると肝心なのは、相手の武士の素姓であった。

見た目には、互いに険しい表情を浮かべているようであったが、おことが武士に強請《ゆす》られているかどうかは確《しか》とわからなかった。

見合う顔と顔には、情事の後の名残《なごり》を惜《お》しむ絡みつくような目が、互いに備わっていたようにも見える。

「こいつは、あっしの勝手な考えですが……」

道中、又平は栄三郎に囁《ささや》いた。

「あの二人は、痴話喧嘩《ちわげんか》をしているようには見えましたが、侍が内儀を脅しているようには見えませんでしたがねえ……」

「うむ、おれもそう思った」

前を行く件の武士は、善長寺《ぜんちょうじ》の門前で小者と落ち合って、飯倉《いいぐら》町の通りを北へと進んだ。

その姿は微行《びこう》ではあるが、こざっぱりとしていて、粋《いき》がってはいるものの、下《げ》卑《び》てはおらず、どこか育ちのよさが窺える。

富左衛門が見せた、あの書付の主には思えなかった。

そして、武士はやたらと周りを気にしていた。

誰かに見られているのではないかと、意識しているのはわかるが、見ていてやや滑稽《こっけい》なほどであった。

それでいて、栄三郎と又平につけられているとはまったく気付いていないようで、町の若い衆を見かけると、少し睨《にら》みつけるような仕草を見せていた。

あの結び文は、二人の密通に気付いた何者かが、おことを脅さんとして送り付け、この日、おことはそのことを武士に打ち明けたのかもしれない。

そう考えると、出合茶屋の前でおことを出迎えていたのは、今日の密会に当って、予《あらかじ》めおことが武士に繋《つな》ぎをとっていたからだとも思える。

やがて武士は、愛宕下三斎《あたごしたさんさい》通りに出ると、一軒の旗本屋敷に入っていった。

奉公人の、主を迎える声が聞こえたから、正しくこの屋敷の主なのであろう。

「よし、又平、今日はこれまでだ」

栄三郎は、又平を連れてその場から一旦《いったん》引き上げた。

そこからは、さして難しいことではない。

近所の武家屋敷の奉公人を見つけると、道を訊《たず》ねつつ、言葉巧《たく》みに世間話に興じ、この屋敷の主が誰かをさりげなく訊《き》き出す。

栄三郎と又平が何よりも得意とするところであった。

果して武士は、山添隈之助《やまぞえくまのすけ》という二百俵取りの旗本であった。

五

その三日後。

一通りの調べを終えた秋月栄三郎は、そっと質屋に出向き、富左衛門を本材木町四丁目の〝十二屋《じゅうにや》〟という料理屋に呼び出した。

ここは呉服店の田辺屋、岸裏道場が好んで使う店で、栄三郎も融通が利く。

密談に適した二階の端の小座敷を空《あ》けてもらうと、二人だけで次第を報告した。

「やはり左様で……」

富左衛門は、確信していたとはいえ、改めておことの密通を知ると、沈痛な表情となり、終始俯《うつむ》いていた。

「わたしの見たところでは、あの結び文は、山添隈之助が書いたものではないと思いますが……」

栄三郎は、己が所見を伝えた。

山添隈之助は、無役ではあるが、文武共になかなか優れているという。

しかし、いつまで経っても小普請から抜け出せず、三十半ばともなれば諦《あきら》めが先に立ち、投げやりな気持ちが放埒《ほうらつ》な暮らしを生んだと思われる。

元々が、無学で粗野な男ではない。すらりとした体軀《たいく》に、彫りが深く鼻梁《びりょう》がすっきりと通った顔立ちに浮かぶ翳《かげ》り。

それらが合わさって、町へ出れば玄人《くろうと》女に騒がれた。

妻女はいるのだが、自棄《やけ》になり世を拗《す》ねた夫に愛想《あいそ》を尽かし、十二になる息子の養育に心血を注いでいるゆえに、隈之助がどこで何をしていようが、我関せずというところらしい。

そうなると隈之助も、遊びに身が入る。

刀剣の売買などに手を染め、それなりに利を得て盛《さか》り場《ば》に繰り出す。

無役の身を隈之助が嘆く姿は、なかなか絵になるようで、

「けちな内職なんぞやめておくんなさいまし。あたしに任《まか》せておくれな」

と、貢《みつ》ぐ女も一人や二人ではなかった。

おこととはどこで知り合ったかはわからないが、どこかの寺社の境内《けいだい》などで何度かすれ違ううちに、おことの武家好きの虫がおこってしまったのであろう。

隈之助にとっては、素人女で商家の内儀というおことが珍しかったのかもしれない。背徳の色事に身を置くと、おかしな刺激が湧いてきて、離れるに離れられない、そんな風に見えるのだ。

「そうでしょうか……」

富左衛門は、文の主が隈之助ではないという推理には、納得がいかない様子であった。

「おことの相手が御旗本だとすれば、それを知ったとて強請るような真似をするでしょうか」

おことを強請れば、その旗本を強請ったことにもなる。旗本とて黙ってはいまい。天下の直参とはいえ、商家の女房と密通に及ぶのは不祥事として取り上げら

れる。おことを強請る相手を何としても見つけ出して殺そうとするだろう。

玉出屋は、株を所有する歴《れつき》とした質屋であるが、危険を冒して強請るほど、金を引き出せるとも思えない。

誰かが、おことと山添隈之助のことに気付いたとしても、そこまでの執念を見せるであろうかと富左衛門は言うのだ。

「しかし、山添を旗本だとは気付いていないのかもしれませんぞ」

栄三郎は首を捻《ひね》ったが、

「御旗本は、お忍びとはいえ、供連れであったとか。身形《みなり》も粗末ではございますまい」

「それは確かに……」

「いくら頭の悪い男でも、それなりに身分のあるお侍だとは気付くはずです」

「なるほど……」

栄三郎は思い入れをした。

富左衛門は、隈之助とおことが、互いに惚れ合っているとは思いたくないはずだ。

あくまでも隈之助が悪党であらねば気が収まらないのだろうが、その理屈にも頷ける。

旗本といっても二百俵取りである。刀剣の売買に手を染めていたとて、小遣い銭に不自由している時とてあるに違いない。

適当におことから引っ張り出し色と欲の二道を辿《たど》らんとする隈之助は、脅しつけてでもおこととは切れたくないと思っているのかもしれない。

「あの結び文は、御内儀を引き留めておくための小道具だと？」

「わたしはそのように思っております」

富左衛門は、きっぱりと言った。

「あの結び文の字は、どう見ても武家のものに思えます」

それも確かであった。

「となれば、山添は何者かに文を預けて、御内儀の許へ届けさせたとも考えられますな」

「わたしは、そう思っております」

「う～む……」

栄三郎は腕組みをした。

富左衛門は、思いの外に考えを巡らせていた。

そこまで察していたならば、己が手で調べることも出来たであろうが、妻の密通が露見したところで、それを表沙汰《ざた》にしたとて、得する者は誰もいない。

ひたすら知らぬ顔を決め込もうとしたものの、脅迫めいた書付を見ると、妻の身によからぬことが起こるのではないかと案じられ、頼りになると評判の栄三郎に話を持ち込んだのである。

その心中を思うと、栄三郎は富左衛門が、ますます気の毒になった。富左衛門があくまでも、あの書付の主が山添隈之助だと思うのならば、もうそれでよかろう。

栄三郎が見たところでは、隈之助とおことは、よろしくやっているようだ。

隈之助が、このところすげない態度を見せるおことに、何者かを使ってあのような脅しの文を送り付ける。するとおことは、

「大変なことが起こったのです……」

などと、縋ってくるであろう。そこを上手く立廻ってやれば、おことはますます隈之助から離れられなくなる。

惚れ合うゆえに痴話喧嘩を起こし、互いの気持ちを確かめ合うために、わざと波風を立てる。

件の書付が隈之助によるものなら、

「勝手にやっていろ」

と、いうべきものだ。

だが、あくまでも人目を忍ぶ、身分違いの逢瀬である。こんなことも長くは続くまい。

「ならば、いかがなさいます？」

栄三郎としても、深く携《たずさ》わりたくはない仕事であった。

「二百俵とはいえ、山添隈之助も旗本の身分を捨てるつもりはないはずです。御内儀に危害を加えたりはしますまい。そのうち熱も冷めて、二人の仲も終るでしょう。富左衛門殿は、女房の弱みを摑《つか》んでおきながら、自分もまた思うような暮らしを送ればいかがですかな。あなたほどの人ならば、女房への当を得た意趣返しもできるはずです」

そのように話を締め括《くく》った。

富左衛門は、栄三郎と同じように腕組みをして、しばし思い入れあった後、

「左様でございますな」

栄三郎の意図を呑《の》み込んでにこりと笑った。

「思えば、女房の身を案じたのは、わたしの取り越し苦労のようです。よしや何か起こったとしても、それはおことの身から出た錆《さび》というものです。その時はまた、何卒《なにとぞ》話を聞いてやってくださいまし」

「もちろんです。何なりと声をかけてやってください」

それから半刻《はんとき》（約一時間）ばかり四方山《よもやま》話をしながら、店の名物である鴨鍋《かもなべ》に舌鼓《したつづみ》を打ち、二人は店を出た。

おことの浮気相手を探り出しただけのことである。五両はもらい過ぎだと言ったが、

「いえいえ、さぞかし馬鹿馬鹿しいことでございましたでしょう。これはその迷惑料でございます」

富左衛門は、そう言って受け取らなかった。

ひとまず取次の仕事は終った。

この先の玉出屋夫婦を思うと、何とも気持ちは重たかったが、富左衛門は知恵者である。

いつか浮気な女房をやり込めて、幸せな日を送ることになろう。

栄三郎は、やれやれという想いで帰路についた。

この度の取次屋の仕事に関しては、久栄に詳しい話をしていなかった。

先日の〝大松〟の芝居に憤《いきどお》りを見せていたのである。本当に姦通が身近に行われていると知れば、また気分を悪くするであろう。

そう思って気遣ったのだ。

そもそも、他人の夫婦の心配などしていられない栄三郎であった。

六

「いいかい、ところは本芝《ほんしば》四丁目の鹿島明神《かしまみようじん》だ。その裏手に松林があって、その中に小さな地蔵《じぞう》堂がある」

「そこに潜んでいればいいってわけで」

「ああ、隠れるにはおあつらえ向きだ」

「やたらと人が行ったり来たりしているってことはねえんでしょうね」

「大丈夫だよ。松林の向こうにある料理茶屋は、わけありの男と女が忍ぶところだ。ここで落ち合って消えていく者も多い。互いに見ないようにしているから遠目に女の姿が見えたら、近寄りはしないのさ」

「うまくいきますかね……」

「頼りない返事をするんじゃあないよ。女が来たら、地蔵堂から出て一突きだ。そのまま走って逃げたら、まず見られまい」

「言うのは容易《たやす》うござんすよ……」

「ここへきて臆病《おくびよう》風に吹かれたかい」

「いや、そんなことはありやせんが……」

「そんなら何なのだい……」

秋月栄三郎と〝十二屋〟で会ってから五日後のこと、玉出屋の主・富左衛門は、金杉《かなすぎ》橋の船宿の一室にいた。

日頃とは打って変わって、彼は相席している数太郎《かずたろう》という痩せぎすの男に、凄みのある目を向けていた。

「お前は、わたしの言うことに黙って頷いていればいいんだよ」

「へい……」

「言っておくが、お前がご禁制の品を質に入れたのを、上手く立廻ってやったのは誰なんだい。こんなものを質草に取ってしまいました……、お畏れながらと訴え出たら、お上はお前とわたしとどちらを信じるだろうねえ」

「そいつは重々わかっておりやす」

「そんなら、黙って言うことを聞いていればいいんだよう……！」

さすがに元は武士である。遊び人風の数太郎などには、有無《うむ》を言わさぬ気迫を持ち合わせている。

栄三郎に見せた温和な表情は偽《いつわ》りであったのだろうか。

富左衛門は今、数太郎に真に物騒な話をしている。

数太郎とは、酒場で知り合った。

見るからにやさぐれた男で、富左衛門が質屋の主だと知って、

「両判つけねえ物なんですがねえ、入れさせていただけませんかねえ」

と、持ちかけてきた。

どうせ曰《いわ》く付きの品であろう。そんな物を受けてもし発覚したら、お咎めを受けることは必定《ひつじょう》であった。

しかし、言い逃れる自信はあった。

日頃は誠実で、情に厚い男で通っている富左衛門なのだ。相手を憐《あわ》れんでつい質にとってしまったところ、数太郎に騙《だま》されたと、涙ながらに訴えれば、まず罪には問われまい。

むしろ頼みを聞いてやって、この小悪党を上手に使いこなしてやろうと思い立ったのだ。

数太郎に、金を用立ててやる見返りは、女房のおことを殺させることであった。

富左衛門は、自分を裏切ったおことを決して許していなかった。

何よりも、旗本と密通に及んだというのが、武士を捨て婿養子となった富左衛門の矜持《きょうじ》をずたずたにした。

重ねておいて四つに切ってやりたいところであるが、相手が旗本となれば、なかなかそうもいくまい。

男の意地を立て、店を出てもよいと思った。

しかし、女房を旗本に寝取られた上に、すごすご引き下がるのは、あまりにも情けなかった。

おことは、女としてなかなかに魅力があった。

家付き娘で傲慢《ごうまん》なところはあるが、商《あきな》いのことなどは、

「お前様のような頭の好い人に、わたしが何も口を出すことはありません」

と、任せてくれたし、自分を見初めてくれたことには感謝していた。

算学者への夢を諦め、婿入りしたことに未練はなかった。

数勘定が好きであった身には、質屋の仕事は、それなりに楽しかった。貧しい浪人の頃を思えば、商家の長として己が才覚ひとつで豊かな暮らしを送れる。

墓参や習い事に託《かこつ》けて、人妻たるものが外出を好み度々出歩くことには辟易《へきえき》したが、それくらいは目を瞑ってやろうと、優しく物わかりのよい亭主を演じてきた。

今自分が店を出れば、そんな日々の努力が無駄になる。そもそも出ていくべきは女房の方なのだ。

さらに、自分を浪人で学者に成り損ねた取るに足りぬ者と侮《あなど》った、おことの密通相手にも一矢報いたかった。

秋月栄三郎に、おことの相手を探るように依頼したが、富左衛門は以前から山添隈之助の存在には気付いていた。

それをわざわざ調べさせたのは、町の者達からの信頼が厚く、奉行所《ぶぎょうしょ》にも顔が利くという栄三郎を味方に付けておきたかったからだ。

富左衛門は、周到に復讐《ふくしゅう》の計画を練《ね》っていた。

まず、弱みを握っている数太郎におことを殺させることにした。

数太郎には前もって、おことに脅迫めいた結び文を渡させ、何者かがおことと山添隈之助の密通を知り、脅しをかけているように装った。

当然、おことは怯《おび》えるであろう。

それが大事であった。

奉公人や周囲の者は、おことの様子が何やらおかしいと気付くはずだ。殺されたとすれば、

「そういえば、おかみさんは、何かに怯えていなさったような……」

と、口を揃《そろ》えて言うに違いない。

おことは、それを富左衛門に相談出来ないゆえ、隈之助に会った時に相談する。

隈之助にも旗本という身分への執着もあろう。

脅迫者は彼にとっても敵であるから、何とか対処せねばならぬと考え、慌《あわ》てる様子が目に浮かぶ。

おことに心底惚れているなら、助けてやろうと躍起《やっき》になるかもしれない。

いずれにせよ、おこととの別れ際は、厳しい表情となるはずだ。

そこを秋月栄三郎に見せておく。

さすがに栄三郎は、鋭い男であった。

しっかりと山添隈之助の素姓を調べた上に、隈之助がおことを脅しているとは思えない、彼が険しい表情をしていたとしても、それは痴話喧嘩の類《たぐい》ではないかと見当をつけた。

そこがいささか誤算であるが、おことに山添隈之助という間男がいること、何者かから脅迫めいた結び文を送りつけられていたことを栄三郎が知っていれば、後々心強い証人となる。

隈之助が、おことと繋ぎをいかにとっていたかも、富左衛門はわかっていた。

山添家の小者が、おことがいるのを確かめて、居間の窓からそっと結び文を投げ入れるのだ。

昼間、富左衛門は店先に出ていて、奥の居間にはおことが一人でいることが多い。また、その部屋は裏路地に面していて、小窓があるのを隈之助はおことから知らされているのだ。

そして結び文には、会う場所の指定に加えて隈之助の浮ついた恋情が少しばかり綴《つづ》られてある。

おことは一読してから燃やしてしまえばよいものを、恋文ゆえに捨てられないのであろう。鍵のついた小引出しの底に隠していた。

富左衛門はその存在もすぐに突き止め、合鍵を密かに拵《こしら》えて、引出しの中も確かめていた。

それだけではない。山添隈之助の筆跡を摑み、寸分違《たが》わぬ筆使いを会得《えとく》したのだ。

〝女狐め　恥を知れ〟

という結び文も、富左衛門の手によるものであった。

そしてこの日。

数太郎に、武家の小者の形《なり》をさせ、おことがいる居間に、そっと投げ入れさせた。

それには、本芝四丁目の鹿島明神裏手の地蔵堂前に、明後日に来るよう書かれていた。

もちろん文は、富左衛門の偽造によるものだ。

おことは、いそいそと件の地蔵堂前へと出向く。だがそこに隈之助は来ない。

そして地蔵堂の中に潜む数太郎が、よき間合を見て匕首《あいくち》で一突きにおことを殺害し、松林の中に姿を隠して走り去る。

その頃、山添隈之助は、虎《とら》の門《もん》の外〝あふひ坂〟上にいることになっている。

かつてまだ、おことが富左衛門に熱を上げていた折、達筆な富左衛門におことは習字を望んだものだ。

〝明後日七つ刻（午後四時頃）　いつもの店にてお待ち参らせそろ〟

富左衛門は、そんな付文の書き方を教えてやり、おことは習い覚えた付文を、富左衛門の浪宅にそっと投げ入れたりしたのである。

そんな頃もあったというものを……。

富左衛門は、自分に送られたその文を捨てずに持っていた。そしてそれを手本にして、おことの筆跡を真似て付文を偽造した。さらに数太郎におこと付きの女中に似《に》た女を探させ、同じ頃その女に山添屋敷の小者に手渡させたのだ。その文には、明後日に〝あふひ坂〟上で会いたいと認められていた。

これでおことが殺された頃、隈之助も微行で出かけていることになる。

おことの死によって、遺《のこ》された隈之助からの付文等が明るみに出て、二人の姦通が役人に知れる。

近頃は、二人の仲が思わしくなく、おことは何かに怯えていた。

これでおこと殺しの嫌疑は山添隈之助にかかるであろう。

何とか言い逃れられたとて、不義を続けた商家の女房が謎《なぞ》の死を遂《と》げたのだ。下手《へた》をすれば切腹、御家は断絶となる。

――ふん、いい気味だ。

密通に及んだ妻をその相手と共に討ち果すことは認められている。しかし、そんな面倒なことをしては怪我《けが》の基だ。

世間は、富左衛門に同情するであろう。

おこととの間に子供はいない。質屋の株を売り払い、身代をそっくり処分して、この町を出れば、惨《みじ》めな想いをすることもあるまい。

「いいかい。お前の取り分は五十両だ。江戸を出て、上方辺りで小商いでもして、ゆったりと暮らせばいいさ」

富左衛門はほくそ笑みながら、まず手付の十両を、数太郎の前に置いた。

七

女中と別れて、おことは足早に松林の中を通り抜けた。

さすがは山添隈之助である。ここならばまるで人目につかぬ――。

ここへ来る道中も、巧みに駕籠《かご》を乗り替えて、誰にも気取られなかった自負がある。

おことの頬は上気して、緩《ゆる》みっ放しであった。

両刀をたばさむ武家に憧《あこが》れを持っていたのは確かである。

今の亭主とは、父親が算学を学ばんとして、富左衛門が開いていた私塾に通うようになり、その縁で知り合った。

浪人とはいえ、穏《おだ》やかで頭が切れ、いつも涼しげな立居振舞の富左衛門に、おことはたちまち心惹かれた。

父も富左衛門が婿養子に来てくれることを強く望んだので、武士を捨てて一緒になると誓ってくれた時は天にも昇る想いであった。

しかし、夫婦になってすぐに、夫への熱は冷めてしまった。

武士だからこそ憧れたが、質屋の婿養子となると、その辺りにいる商店主と何ら変わりはなく、むしろ町人の粋さがない分、野暮《やぼ》ったく見えた。

真面目、誠実を売りにして、世間での評判は上々であるが、捉えどころがなく、何を考えているかわからない。

几帳面《きちょうめん》な性分は、婿養子としてはありがたいのかもしれないが、おことにはどうも窮屈で仕方がなかった。

目鼻立ちが整《ととの》っていて、娘の頃は男達から騒がれた自分が、とどのつまりはこの亭主に落ち着いたのかと思うと、日々虚《むな》しくなってきた。

何ごとにも抜かりのない富左衛門だが、父親である先代が亡くなり、跡を追うように母親も亡くなってからは、それなりに店を意のままにして、己が懐を密かに潤《うるお》わせていると、おことは見ていた。

しかし、そんな素振《そぶ》りは毛筋ほども見せず、どちらかというと派手好きで、外へ出たがる女房を許しながら家業に励《はげ》む、品行方正なる質屋の主を通している。

そういう隙《すき》の無さも、おことにはどうも不気味でならない。

閨のことも、女房には興をそそられないのか、おざなりであり、未《いま》だ子宝も授からない。

子はかすがいというが、出来なければ夫婦の間を繋ぐ絆《きずな》はもろいものだ。

そのうちに外出をする機会が増えて、山添隈之助と出会った。

身分は旗本直参、博識である上に、腕も立ち、江戸の侍らしい荒々しさと粋を備えている。

おことが、女中を連れただけの商家の女房と見て、小遣い銭をせびりに来た町の破落戸《ならずもの》を、勇ましくも叩《たた》き伏せてくれたのが縁で、おことはたちまち隈之助に夢中になった。

隈之助もまた、三十前で容色衰《おとろ》えず、年増《としま》女の脂がのったおことにのめり込んだ。

背徳の情事ほど甘美なものはない。

関係が二年も続くと、互いに遠慮がなくなり、ちょっとしたことが嫉妬《しっと》を生み、これがまた互いを求め合う媚《び》薬《やく》となった。

痴話喧嘩をするのも楽しくて、

「わたしは、もう旦那無しでは生きていけません」

そんな言葉も口から出るようになった。

富左衛門は何も言わなかった。疑うことを知らぬのか、知らぬふりを決め込んでいるのか。ここでもこの婿養子は、捉えどころがない。

知れたら知れたでいい――。

おことはもう女の覚悟を決めていた。

富左衛門が、元武士の意地を見せて、女敵《めがたき》討《う》ちをするならそれもおもしろい。

その時こそ、隈之助の心を知ることが出来る。

おことは、もうためらいもなく隈之助との逢瀬を重ねた。

ところがある日、突如現れたひょっとこ面の男に、脅しの文を手渡された。そこれには、〝女狐め　恥を知れ〟と書いてあった。

その他には何も書かれていなかったが、それが強請の始まりかもしれない。

おことは恐ろしくなって、再び隈之助と会った時、そのことを告げた。

隈之助は、動ぜず、

「けちな強請に違いない。お前を抱いているところに踏み込まれたわけではないのだ。そのうち姿を現して、お前に金をせびりに来たら、うまく言いくるめて誘い出すがいい。そこでおれが片を付けてやろう」

と、一笑に付した。

おことはその言葉で元気を取り戻した。それと同時に、下らぬ脅しをかけてきた、ひょっとこ面の男に、言いしれぬ嫌悪を覚えたものだ。

その日の別れ際は、隈之助と共に、

「きっと思い知らせてやる……」

と、厳しい表情で頷き合った。

それから今日までが待ち遠しかった。

けちな強請だろうが、念のために少し様子を見た方が好いだろうと隈之助が言うので、繋ぎが来るまで一日千秋《いちじつせんしゅう》の想いで待っていたのだ。

そして届いた結び文――。

おことは、遂《つい》に件の地蔵堂の前へと着いた。

しかしそれが富左衛門の恐ろしい計略であるとは思いもよらなかった。

地蔵堂の中には、匕首を懐に呑んでおことの命を狙《ねら》う、数太郎が潜んでいるのだ。

おことの命は風前の灯《ともしび》であった。

ところが、ここで事態は思わぬ方向に動くことになる。

富左衛門が思いもかけなかった動きが、二つ同時に進行していたのだ。

そのひとつが、秋月栄三郎のお節介であった。

八

この日。

栄三郎は、手習いを済ませると、又平と二人で、玉出屋に向かった。

富左衛門はいらないと言ったが、やはりこの前の仕事で五両というのはもらい過ぎている。

せめて一両だけでも返すべきだと思ったのだ。

玉出屋の近所には、落雁《らくがん》の美味《うま》い店がある。これを手土産《てみやげ》にして、一両を添えて返しておこう。そしてその後で、久しぶりに又平と二人で木挽《こびき》町の料理屋で一杯やろうと話はまとまったのだ。

ところが、二人はいそいそと出かけるおことを見かけてしまった。

「まだ続いているんですねえ……」

又平は苦々しい顔をした。

あれから富左衛門は、女房の間男が誰かはっきりわかったというのに、未だに放ったままにしているのであろうか。

痴話喧嘩にしろ、脅迫めいた結び文を受け取っていたことも知れたというのに、あまりにも不用心ではないか。

「もう諦めて、勝手にしろというところかもしれねえな」

栄三郎も呆《あき》れ返っていた。

ふと気がつくと、二人は阿吽《あうん》の呼吸でおことの跡を追っていた。

おことの顔が、あまりにも浮き立っていたので、とりあえず今日も場所と相手の様子を窺っておきたくなったのだ。

おことの足は、先日とは違って芝の方へと向いているのも気になった。

富左衛門に一両返すのは、おことの外出の行き先を確かめてからでもいいだろう。それが何よりの手土産になるかもしれない。

二人はそう思って、尾行を続けた。早春の晴れ渡った空が、そうさせたのかもしれない。

そして、この偶然が一時、富左衛門を一喜一憂《いっきいちゆう》させることになろうとは、栄三郎と又平には思いもよらなかったのである。

おことは、やがて芝浜沿いの道へと出た。

潮の香りが一層強くなった。海から吹きくる風はまだまだ冷たかったが、青い空に覆《おお》われた海は、吸い寄せられるような魅惑を放っていた。

おことはうっとりとしていた。

やがて彼女は女中と別れ、件の松林を過ぎ、地蔵堂の前で立ち止まると、きょろきょろと辺りを見廻していた。

栄三郎と又平は、悟られぬように松林の中から遠目におことの様子を眺めた。

数太郎が、突如として地蔵堂から飛び出ておことに襲いかかったのはこの時であった。

「ぎゃッ！」

と、おことは叫び声をあげた。

しかし、数太郎も殺しには慣れていない。

「死ね！」

と、匕首を突き出したが、逃げる女の厚い帯地を突いてしまったので、致命傷を負わすに至らない。

栄三郎は驚いて駆け付けた。又平は近くを通りかかる者がいないか松林の外へと駆けた。何かの折の証人を作るためである。

「こ、この女《あま》！」

数太郎は、興奮しておことの帯を後ろから摑み、上から首筋に突き立てんとした。

「やめろ！」

栄三郎は、間に合わなかった。

ところがいよいよおことが殺されんとした時。

数太郎は血しぶきをあげて、その場に倒れた。

何たることか――。

地蔵堂の裏手から、山添隈之助が現れて、数太郎の背中に抜き打ちをかけたのだ。

「旦那……！」

低く叫ぶおことは腰が抜けていた。

「手前が強請野郎か、死にやがれ！」

隈之助は、数太郎に止《とど》めを刺した。

そこへ栄三郎が地蔵堂の前に駆け付けた。

隈之助は、栄三郎を数太郎の仲間と思った。彼の頭は、人を殺した興奮で正気を失っていたのである。

「お前も仲間か！」

隈之助は栄三郎に斬《き》りかかった。仲間であれ、通りすがりであれ密通を知られた上は、口を封じておくに限るとも思ったのだ。

今なら人気もない。こ奴を斬っても大事なかろう。破落戸の仲間割れで済まされるのではないか――。

あらゆる思惑が、隈之助の思考を狂わせていたのである。

「待て！　早まるな！」

栄三郎は、隈之助の一刀をかわしつつ、自らも抜刀した。

「わたしは通りすがりの者だ！」

「黙れ！」

隈之助は問答無用に迫りくる。

なかなかに鋭い太刀筋《たちすじ》だが、栄三郎は腹が立ってきた。姦通に走りながら、都合が悪くなると誰彼構わず斬って捨てようとは、とんでもない奴ではないか。

怒りに包まれた時の秋月栄三郎の剣は、気楽流でも指折りの遣い手・松田新兵衛とて手に負えなくなるほどに強い。刀を峰に返すと、

「おのれ！」

と、袈裟《けさ》に斬りつける隈之助の一刀を、右へ回り込んで、

「たわけが！」

と、上から叩きつけた。

手首の返りがよく利いた栄三郎の一刀に、隈之助は堪《たま》らず刀を取り落した。

「な、何と……」

相手が悪かったと気付いた時は遅かった。

隈之助の腹に栄三郎の峰打ちが見事に決まり、彼はその場に崩れ落ちた。

「兇賊《きようぞく》は、秋月栄三郎が捕えたり！」

既に、又平が浜辺で通行人を呼び寄せ連れてきていた。

放心するおことを尻目に、栄三郎は隈之助の差料の下げ緒で、彼を後ろ手に縛って、

「又平、番屋に訴え出て、前原の旦那に伝わるようにしてくんな」

と、告げた後、通りすがりの者達に、軽く一礼したのである。

九

とにもかくにも、おことは命を落さずにすんだ。

しかし、そこからは、恋しい山添隈之助とは別々に取調べが始まった。

秋月栄三郎は真実を述べ、二人が密通に及び、その秘事を知った遊び人を殺したのは動かぬ事実となった。

これを聞いた時、玉出屋富左衛門は絶句した。

南町奉行所定町廻り方同心《じょうまちまわりかたどうしん》・前原弥十郎は、

「まあ、驚くのは無理もない。女房が密通していたのを、ろくでもねえ野郎に知られて、強請られていたばかりか、それを間男が殺しちまったんだからな」

そう言って慰《なぐさ》めつつ、

「だが玉出屋、おぬしは秋月栄三郎に頼んで、山添隈之助が密通の相手だと、知っていたんだろう。もう少し何とかならなかったのかい」

そして戒《いまし》めた。

「はい、相すみません……。とはいうものの、女房を縛りつけておくわけにはいきませんので……」

富左衛門は、頭の中を整えるのに必死で、まずこう言って取り繕《つくろ》ったが、何故《なぜ》そこに山添隈之助が現れたのかが解《げ》せなかった。

富左衛門の段取りでは、おことが数太郎に殺される頃、隈之助は虎の門外、あふひ坂上にいるはずであった。

秋月栄三郎が、偶然におことの外出を認め、その跡をつけたことと共に、それが誤算である。

弥十郎が、おことから聞いたところによると、おことは隈之助から付文をされた後気持ちが高ぶり、その翌日、お付きの女中に、山添屋敷に文を持って行かせた。

文には、件の地蔵堂の前で焦がれ死ぬかもしれない、などと恋情が綴られてあったという。

隈之助はそれを一読して驚いた。その前日に、あふひ坂上で待つと付文が届いていたからだ。

それはすぐに燃やしてしまったが、確かにおことの筆跡であった。

「とにかく、その地蔵堂の前に行ってみようと思い、召し使っている者を念のためにあふひ坂上へ行かせて、芝浜へ行った……」

すると、いきなり賊《ぞく》が現れて、おことに襲いかかったので、

「こ奴が、脅しをかけていた奴だと思い、斬り捨てたまでのこと。そこへ新たに浪人者が駆けつけたゆえ、こ奴も一味かと思い、斬り結んだまで」

隈之助は、打ち倒された無念と、関わりのない者を殺傷せずに済んだ安堵とが入り交じった、複雑な顔で語ったという。

――そうであったか。

富左衛門は内心で歯噛みした。

おこと付きの女中の動きには気をつけていたのだが、その日はちょうど、用事を言いつけていて、帰りも早かったので、まさか山添邸に立ち寄っていたとは思わなかったのだ。

女中は、おことのために、恐るべき脚力で愛宕下まで立ち寄ったと思われる。

「人の女房だというところがおもしろうて遊んでみたが、今思えばのぼせあがって、下らぬことをしたものだ」

隈之助は、自嘲《じちょう》の笑みを浮かべ、評定所の裁きを待つという。

栄三郎は、

「助けに入ったところ、いきなり斬り付けられたので相手をいたしましたが、咄《とっ》嗟《さ》のこととて、それが御旗本とは思いもかけませなんだ。遺恨はござらぬが、御旗本にあるまじき振舞でござりますな」

聞き取りに対してそのように応えた。

そこは、前原弥十郎との付合いもあり、通行人達が、隈之助の所業を見ていたので、これを峰打ちに仕留め騒ぎを鎮《しず》めた栄三郎は、

「当を得た行いである」

と、賞された。

――秋月栄三郎……、まったくお節介な男だ。

富左衛門は苦笑いを浮かべるばかりであった。

偶然とはいえ、おことの外出に遭遇するや、その跡をつけるとは――。

これでは、たとえ隈之助が現れなかったとしても、おことを殺せたかどうかはわからなかったはずだ。

遠くから様子を窺っていたゆえに、数太郎がおことを殺せたとしても、その後捕えられていたであろう。

いずれにせよ、富左衛門が立てたおこと殺害の企《たくら》みは、失敗していたことになる。

しかし、富左衛門の悪運の強さは、隈之助と栄三郎がちょうど好い間合で鉢合《はちあ》わせしたことであった。

数太郎が捕えられず隈之助に斬られたことで、富左衛門が、おこと殺しを彼に依頼した事実がうやむやになった。

さらに、隈之助が、おことから渡された結び文、付文の類を、すぐに燃やしていたのも幸いした。

中には富左衛門が偽造した文もあったので、この存在が消えたのは何よりであったのだ。

恋文を捨てられずにそっとしまっていたおこととは、その辺りが違っていて、隈之助が発覚を恐れ、所詮《しょせん》は遊びと割り切っていた様子が窺える。

――おことめ、生き恥をさらしよったわ。

富左衛門はほくそ笑んだ。

栄三郎に斬りかかった隈之助の短慮も好い気味であった。

栄三郎が見事に打ち倒してくれたのもありがたかった。

それによって、隈之助はおことの密通が発覚し、おことを救うためとはいえ、秘事を知られた男を斬り殺したばかりではなく、罪なき者にまで斬りかかり、峰打ちに倒されるとは真に武道不心得と叱責《しっせき》を受けるのは必定。

真に溜飲《りゅういん》が下がる。そう考えると、

――取次屋栄三か。ほんに便利な男だ。

富左衛門は、そのように思い直した。

この先、隈之助がいかに裁かれるかはわからぬが、町役人からは、

「内済《ないさい》にしてはどうか」

と、言ってきた。

隈之助は密通を認めたが、その現場を押さえられたわけではない。

顔見知りの町の女房が、暴漢に襲われたところにたまたま居合わせて、これを討ち果した。さらに、駆け付けた秋月栄三郎なる剣客に斬り付けたが、これは暴漢の仲間と間違えてのことであった——。

そのようにすまされないこともない。

隈之助の身分を考えると、こんなことで切腹や召し放ちにするのも忍びない。ここは富左衛門が分別をしてやればよいではないか。

お上の意向はそこにあった。

内済に当っては、山添家からの詫《わ》び状に、七両二分を添えて富左衛門に贈られるとのことである。

死罪に相当するおことであるが、密通について近頃の幕府の方針は、名主、家主、五人組など立会の上、なるべく当事者で内済にするようにとなっている。

——さて、何としてやろうか。

富左衛門は、殺しが失敗した今は、おことに生き地獄を与えてやろうと残忍な想いを巡らせていた。

まず外聞が悪いということで、質屋は処分し、新たな商いを考えてもよい。

おこと付きの女中も、密通の手引きをした場合は追放刑が相当であるから、内済にしたといえどもこのままではすまされない。

まずは暇をとらせて店から追い出した。

新天地におことを連れていく寛容を見せつつ、いっそこの手で絞め殺して、自害に見せてもよい。

唐傘・下駄屋の隠居・清蔵、提灯屋の隠居・六右衛門は、噂を聞きつけて訪ねてくれた。

「いやいや、わたしの不徳のいたすところでございます……」

殊勝《しゅしょう》な様子を見せると、

「お前さんは、ほんに心の広いお人だねえ」

「先代を慮《おもんぱか》っているんだねえ。なかなかできるものじゃあないよ」

二人は感涙してくれた。

こんな風に、寝取られ夫として人に同情されるのが嫌だから、女房・おことは、旗本に無理矢理不義を迫られて殺されたことにしたかったのだが、まずこれでよかろう。

富左衛門の復讐はひとまず完結を見たのである。

秋月栄三郎と又平は、

「まずは、富左衛門さんも、それなりに落ち着いたのではないかな」

「へい。まあ、やけに大ごとになっちまいましたがねえ」

と、一応の一件落着にほっとしていたのだが、二人共にどうもすっきりしないものを覚えていた。

十

いったい数太郎は何者なのか、そこが引っかかるのだ。

近頃、芝口から愛宕下辺りをうろついている遊び人で、玉出屋の周囲にも姿を見せていたというから、独特の嗅覚《きゆうかく》で質屋の女房の不義に気付いたのであろう。

しかし、数太郎は二人の筆跡を真似て、巧みに偽《にせ》の付文や、脅迫めいた結び文などを隈之助とおことに送り付けていた形跡がある。

見たところは、それほど頭の切れる男ではなかった。ただ、密通の秘事を摑み、それをもって強請ろうとした気持ちはわからなくはないが、どうも手が込んでいる。

役所としては、ただの強請で片付けたいところであろう。死人に口なしで、もはや数太郎がこの件について語ることもなくなり、ただただ神妙な態度に終始する富左衛門に同情と称賛が集まっている。

どこか気に入らぬ想いの栄三郎と又平であるが、富左衛門が数太郎に妻殺しを依頼していたとまでは思い至らなかった。

そっと済ませようと思っていたことが、公になり面目《めんもく》もなかろうと、栄三郎は富左衛門を訪ねずにいた。

この一件は、久栄の知るところとなっていた。

「まったく何ということなんでしょう。密通を重ねて、それを脅されて、殺してしまうなんて、何のために人の妻になったのでしょう……」

久栄には、あまりにも信じられない出来事で、それを暴いた栄三郎と又平の手腕には、快哉《かいさい》を叫んだものの、

「この先、栄三さんは方々で浮名を流すかもしれませんが、わたしにはあり得ぬことでございます……」

久栄にとっても、引っかかりを覚えるのか少し怒ったように言うと、それからは一切この話に触れなかった。

「おれは方々で浮名を流すか……。こいつはほんにとばっちりだなあ」

栄三郎は、そんな暇も若さもなくなったはずの自分に、勝手に悋気《りんき》を病《や》む我が妻が、かわいくもあり恐ろしくもある。

だがそれが夫婦というものなのだろう。

「とにかく我が家は幸せだ」

などと思っていると、ある日、前原弥十郎が訪ねてきて、手習い所の土間に面する上がり框《かまち》に腰を下ろすと、

「何やら妙なことになってきやがったぜ」

しかめっ面《つら》をしてみせた。

「妙なこと？　ひょっとして、この前の質屋の一件ですかい？」

栄三郎も、一度その後の話を訊ねておきたかったので、身を乗り出すと、

「先だって、質屋の女房から事情を聞いて、まあ、あれこれ説教をしてやったんだ」

「旦那のことだ。随分とたれたんでしょうね」

「たれたとはなんだ」

「ことをわけて話したんでしょうね」

「そういうことだ。そしたら、おことが妙なことを言い出したんだ」

おことは、弥十郎の言うことには、素直に応えていたのだが、

「何が口惜《くや》しいかというと、あの養子が好い人だと思われていることが堪りませんよ」

と、強い口調で富左衛門をこき下ろし始めたという。

「あの男は何を考えているかまったくわかりませんよ。武士を捨ててうちへ養子に入ったのも、金勘定をするのが楽しくて仕方がなかったんでしょうよ」

「金勘定をするのが、商人の仕事じゃあねえのかい？」

弥十郎が窘《たしな》めると、

「金勘定をして、それを生かすのが商人の仕事だと、わたしは思いますねえ」

「お前の亭主は、なかなかの人情家で、質入れをした者も、助けられたと喜んでいたはずだがなあ」

「そりゃあ助かるでしょう。時には御禁制の品も引き取っていたようですからねえ」

「何だと……？」

「わたしは思い出したんですよ。随分前に、質屋を訪ねてきた怪《あや》しげな男がいた

ってことを……」

「その怪しげな男が、どうかしたかい？」

「わたしを殺そうとした数太郎によく似ていたんですよ」

「てことは、富左衛門が、数太郎から禁制品を質にとったっていうのかい」

「わたしも、質屋の娘です。何がよくて何がいけないかくらいわかります。ふふふ、あの男は、わたしを侍好きの世間知らずだと思っていたようですがねえ。わたしだって、亭主を立てて、知らないふりをしていたこともあったんですよう」

おことは、気になって質蔵を見てみた。すると抜荷の疑いのある鼈甲《べっこう》の品が置かれていたという。

「あの男は、それを素知らぬ顔で売り捌《さば》いて、その上がりをそっと別の懐に入れていたようですよ」

「どうしてわかる？」

「死んだお父《と》っさんは、割れた茶碗《ちゃわん》をつなぎ合わせるのが上手でしてねえ。それに使う漆《うるし》が今も残っているんですよ。それを時折、帳簿のお金の端に塗っておくと、十枚分印をつけたのに、いつの間にかそれが減っているんですよ」

「だが帳簿は合っているわけだな」

「はい、一旦、帳場の引出しにしまっておいて、後で抜き取って、うまく辻褄《つじつま》を合わすのでしょうねえ。養子の身だから、子ができないから、いつ追い出されるかしれない。その時のために、せっせと禁制品などを売って、貯《たくわ》えていたんでしょう。こっちも引出しの合鍵は持っている、それも知らずに……。なめられたもんですよ」

「なるほど……」

夫婦は互いの引出しを探り合っていたというわけだ。

「何だか、そんな男に嫌けがさしましてねえ。嫌になると何もかもが嫌になる……」

「そんなものか」

「はい。女は今だけを見て、生きてますからねえ……」

おことは薄ら笑いを浮かべたという。

その時のことを思い出して、弥十郎は首を竦めた。

栄三郎も苦笑いを浮かべて、

「数太郎も味をしめて時折、玉出屋をそっと訪ねるうちに、女房の密通に気付いたってところですか？」

「おれも、おこともそう思っていたんだがな、死んだ数太郎の懐にあった金子を調べてみると、おことが言う漆の印がついた金が何枚か出てきたんだ」

富左衛門と数太郎にその後も深い繋がりがあったという証《あかし》であった。

「いや、というよりも……」

栄三郎は、はたと気がついて、

「富左衛門殿が、数太郎の弱みにつけ込んで、おことさんを殺させようとしたのかもしれませんな」

「なるほど……。そう考えると、偽の付文の件もすっきりするぜ」

弥十郎は合点《がてん》がいった。

「どうします？」

栄三郎は訊ねた。

本来、寝取られた夫は、女房と通じているのが明白な男を、女房と共に殺害してもよいという原則がある。

富左衛門が、数太郎に女房を殺すよう持ちかけたとしても、助太刀を求めたと捉えれば殺人教唆《きょうさ》にもあたるまい。

富左衛門が、禁制品を捌いたという確たる証拠はあがっていない。

「とどのつまり、わりを食ったのは数太郎一人ってことだな。だが、このままにしておくのは、どうも業腹だ」

と、弥十郎は言う。

「わたしも同じ想いですねえ」

元武士ならば、己が面目を立てるために、たとえ相手が旗本であっても女敵討ちをするだけの性根がなくてどうするのだ。誰よりも、おことがそう思っているだろう。おまけに、取次の仕事を利用して、自分を欺《あざむ》いて証人にせんとしたことが、栄三郎には許せなかった。

「先生、邪魔をしたな……」

思い入れあって、弥十郎は立ち上がった。

「まずどうなるか、楽しみにしておいてくんな……」

その後、富左衛門は、禁制品の売買の疑いと、数太郎のような咎人《とがにん》に金銭を与え、妻を殺害させせんとしたことなど不届きであると、重追放に処せられた。

玉出屋は潰《つぶ》れ、おこともいずれへか消えてしまった。

しかし、弥十郎の話では、白《しら》をきり続ける富左衛門に向かって、

「商人の娘を見くびるんじゃあないよ！」

店の奥で日々閉じ籠《こも》っていたおことが、厳しく叱責したという。

山添隈之助は、若くして隠居を余儀なくされた。もう役付きになることもない。妻女にしてみれば、最愛の息子を無理に元服させ跡を継がせたのだから言うことはあるまい。

「まったく、くだらねえことに付合わされたもんだな」

やっと暖かくなり始めた頃、見廻りの中《ちゆう》に手習い道場に立ち寄った、前原弥十郎は、その後の流れを栄三郎に伝えると、大きな溜息をついたものだ。

「夫婦ってえのは何だろうな」

いつになく神妙な面持ちで首を傾《かし》げる弥十郎を見ながら、

「さあ、わたしにもわかりませんが、人としてすっかり枯れてきた頃になって、やっとそのよさがわかるんじゃあないんですかねえ」

応えつつ栄三郎は、久栄と共に暮らす喜びを、改めて嚙み締めていた。

女敵討ち

一〇〇字書評

切・り・取・り・線

購買動機（新聞、雑誌名を記入するか、あるいは○をつけてください）	
□（　　　　　　　　　）の広告を見て	
□（　　　　　　　　　）の書評を見て	
□ 知人のすすめで	□ タイトルに惹かれて
□ カバーが良かったから	□ 内容が面白そうだから
□ 好きな作家だから	□ 好きな分野の本だから

・最近、最も感銘を受けた作品名をお書き下さい

・あなたのお好きな作家名をお書き下さい

・その他、ご要望がありましたらお書き下さい

住所	〒				
氏名		職業		年齢	
Eメール	※携帯には配信できません		新刊情報等のメール配信を 希望する・しない		

この本の感想を、編集部までお寄せいただけたらありがたく存じます。今後の企画の参考にさせていただきます。Eメールでも結構です。

いただいた「一〇〇字書評」は、新聞・雑誌等に紹介させていただくことがあります。その場合はお礼として特製図書カードを差し上げます。

前ページの原稿用紙に書評をお書きの上、切り取り、左記までお送り下さい。宛先の住所は不要です。

なお、ご記入いただいたお名前、ご住所等は、書評紹介の事前了解、謝礼のお届けのためだけに利用し、そのほかの目的のために利用することはありません。

〒一〇一‐八七〇一
祥伝社文庫編集長 坂口芳和
電話 〇三（三二六五）二〇八〇

祥伝社ホームページの「ブックレビュー」からも、書き込めます。
http://www.shodensha.co.jp/bookreview/

祥伝社文庫

女《め》敵《がたき》討《う》ち　取次《とりつぎ》屋《や》栄三《えいざ》

平成30年10月20日　初版第1刷発行

著　者　岡本《おかもと》さとる
発行者　辻　浩明
発行所　祥伝社《しょうでんしゃ》
東京都千代田区神田神保町3-3
〒101-8701
電話　03（3265）2081（販売部）
電話　03（3265）2080（編集部）
電話　03（3265）3622（業務部）
http://www.shodensha.co.jp/

印刷所　錦明印刷
製本所　ナショナル製本
カバーフォーマットデザイン　中原達治

 ISBN978-4-396-34468-9 C0193

祥伝社文庫の好評既刊

岡本さとる
取次屋栄三《えいざ》
武家と町人のいざこざを知恵と腕力で丸く収める秋月栄三郎《あきづきえいざぶろう》。縄田一男《なわたかずお》氏激賞の「笑える、泣ける!」傑作。

岡本さとる
がんこ煙管《ぎせる》 取次屋栄三②
栄三郎、頑固親爺《おやじ》と対決!「楽しい。面白い。気持ちいい。ありがとうと言いたくなる作品」と細谷正充《ほそやまさみつ》氏絶賛!

岡本さとる
若の恋 取次屋栄三③
取次屋の首尾やいかに!? 名取裕子《なとりゆうこ》さんも栄三の虜に!「胸がすーっとして、あたしゃ益々惚れちまったぉ!」

岡本さとる
千の倉より 取次屋栄三④
孤児の千吉《せんきち》に惚れ込んだ栄三郎はある依頼を思い出す。「こんなお江戸に暮らしてみたい」と千昌夫《せんまさお》さんも感銘!

岡本さとる
茶漬け一膳 取次屋栄三⑤
安五郎《やすごろう》の楽しみは、安吉《やすきち》と会うこと。実はこの二人、親子なのだが……。栄三が動けば絆《きずな》の花がひとつ咲く!

岡本さとる
妻恋日記 取次屋栄三⑥
亡き妻は幸せだったのか? 日記に遺《のこ》された若き日の妻の秘密。老侍が辿《たど》る追憶の道。想いを掬《すく》う取次の行方は。

祥伝社文庫の好評既刊